Matthias Stührwoldt

Vorglühen

VERLAG

Zu diesem Buch

Vor über achtzehn Jahren, im November 2003, erschien mein erstes Buch „Verliebt Trecker fahren" in der Edition Bauernstimme des AbL-Verlags. Anfang 2004 hatte ich meinen ersten bezahlten Leseauftritt. Es war die Jahreshauptversammlung des Deutschen Roten Kreuzes, Ortsverband Loose. Nach dem Vorstandsbericht und den Wahlen war noch etwas Zeit für ein wenig Unterhaltung, und ich las aus meinem neuen Buch vor. Ich erhielt 25 Euro Honorar und 12,50 Euro Fahrtgeld. Anschließend wurden mir 37,50 Euro in bar ausgezahlt und ich unterschrieb dafür zwei Quittungen.

Seitdem bin ich auf Tour, vor allem im Norden, gelegentlich aber auch südlich der Elbe. Tatsächlich hatte ich schon in jedem Bundesland mindestens einen Auftritt und einen sogar im benachbarten Ausland. Den Abend beim Winterball der deutschen Minderheit im dänischen Tingleff werde ich nicht vergessen. Ich glaube, ich war der einzige, der an diesem Abend nüchtern blieb. Ich musste ja noch fahren.

Seit 2010 schreibe ich auch auf Platt, und hier im Norden präsentiere ich meist rein plattdeutsche Programme auf der Bühne. Über Jahre hinweg entwickelte sich die hier erstmals auf Hochdeutsch präsentierte Geschichte „Vorglühen" zum Herzstück meines plattdeutschen Programms. Ursprünglich eine Radiogeschichte von anderthalb Minuten Länge, wucherte sie im Laufe vieler Abende auf der Bühne in alle Richtungen, bis sie schließlich frei erzählt knapp eine halbe Stunde lang dauerte, mit einem Schlenker nach dem anderen, scheinbar ziellos durch die Gegend mäandrierend. Es gab diese Geschichte in ihrer plattdeutschen Fassung als Live-Mitschnitt auf CD, aber niemals in Gänze aufgeschrieben. In diesem Buch jetzt zum ersten Mal. Auf Hochdeutsch. Es hat großen Spaß gemacht, mir die Geschichte selbst zu erzählen und währenddessen im Ein-Finger-Suchsystem abzutippen. Es hat Wochen gedauert. Ich tippe so entsetzlich langsam.

So lange ich dafür auch brauchte, ein ganzes Buch ließ sich mit diesem einen Text nicht füllen. Wir benötigten mehr Stoff. Seit etwa 25 Jahren schreibe ich regelmäßig für die Bauernstimme, und seit Herbst 2019 habe ich in der Bauernstimme eine feste monatliche Kolumne mit dem schlichten Titel „Matthias Stührwoldt erzählt". Hier sind die allermeisten dieser Kolumnen zusammengefasst. Für die Buchausgabe habe ich sie zum Teil leicht bearbeitet. Oft nehmen diese Texte auch Bezug auf die Zeit, in der sie geschrieben wurden, zwischen Herbst 2019 und Frühjahr 2022. Ergänzt wurden sie durch einige lyrische Stücke, tagebuchartige Notate, die immer mal so nebenbei entstehen.

Nichts, was ich schreibe, ist wahr, und kaum etwas ist gelogen. Es ist irgend etwas dazwischen. Meist sind es Versuche, dem Alltag ein wenig Poesie abzugewinnen.

Ich wünsche viel Freude mit diesem Buch.

Stolpe, im März 2022   Matthias Stührwoldt

Inhaltsverzeichnis

Für Birte.

Und für Marie. Nora. Peer. Carla. Jon.
Alle anders,
aber alles Stührwoldts.

Im Gedenken an:
Vadder
Mudder
Udo
Oma
Opa

Dank dir, Freundschaft.
Dank dir, Liebe.
Dank dir, Leben.

Vorglühen

Eine Geschichte über meine Eltern und mein Elternhaus

I

Wenn ich jemals daran zweifelte, ob meine Eltern mich lieb hatten, ob sie mich wirklich liebten – nun, mir ist neulich etwas eingefallen, was meine Zweifel komplett zerstreute, so ähnlich, als hielte ich eine reife Pusteblume in den Westwind hier oben. Sekunden später klebt schon kein Samen mehr dran.

Ich hab im Januar Geburtstag, und ich hab das früher, in meiner Jugend, immer zu gerne gefeiert. Wenn ich sage „gefeiert", dann meine ich: richtig gefeiert. Also kein langweiliges Sit-in mit Sabbeln oder gar ein Teeabend mit parfürmiertem Tee – Wildkirsche oder Waldbeere oder, schlimmer noch, Sahne-Vanille – nee, ich hab das immer richtig krachen lassen. Der ganze erste Stock unseres Bauernhauses wurde ausgeräumt, die große Anlage reingestellt, und dann aber Tanzen, und nicht mit Anfassen, nein, wild und schnell und laut musste es sein, alle meine Freunde und manchmal auch meine Feinde waren da und hatten Spaß. Für meine Eltern war das nie ein Problem. Ohnehin hatten sie nie ein Problem damit, wenn ich Besuch bekam. Sie selbst hatten auch oft Besuch; die Tür bei uns im Haus

7

war immer offen. So kam es, dass mein Elternhaus eine Zeitlang zum Treffpunkt für meine Clique wurde. Jeden Freitag- und Samstagabend, bevor wir zur Disco oder zum Grillfest fuhren, trafen wir uns in der Küche meiner Eltern, rund um den großen Küchentisch, zum Vorglühen.

Es gab mehrere Gründe, warum wir uns ausgerechnet bei uns trafen, zum Vorglühen. Der erste Grund war: Unser Hof lag zentral. Meine Clique, die Leute, mit denen ich zu tun hatte, sie kamen aus Stolpe. Und aus Wankendorf, Schönböken, Ruhwinkel, Bornhöved, Schmalensee, Belau, Ascheberg, Flintbek und Nettelau. Von all diesen Ortschaften lag Stolpe so ziemlich in der Mitte. Grund eins: zentrale Lage. Grund zwei: Unser Hof lag direkt an der Autobahn – super Verkehrsanbindung. Grund drei: Meine Eltern hatten nichts dagegen, dass wir uns bei uns trafen. Grund vier: Wir hatten immer Bier im Haus.

Meine Eltern hatten nämlich viele Freunde, früher, als sie den Betrieb bewirtschafteten, noch mehr als in ihren letzten Jahren. Viele dieser Freunde waren Handwerker, und ulkigerweise war von so ziemlich jedem Gewerk einer dabei. Es gab einen Tischler, einen Zimmermann, einen Maurer, Elektriker, Heizungsbauer, sogar einen Sattler hatten sie, einen Schuhmacher, einen KFZ-Schlosser, einen Landmaschinenschlosser, einen Fliesenleger, einen Schlachter und einen Frisör. Wobei Schlachter und Frisör, das war ein und derselbe Macker; der hatte beide Berufe erlernt, und welchen Beruf er gerade ausübte, hing nicht zuletzt davon ab, welches Werkzeug er gerade in der Hand hielt. Wenn er also gerade an dir zugange war, beim Haareschneiden, und irgendein Scherzkeks drückte ihm ein Messer in die Hand – ratzfatz, hingst du verkehrt herum mit gespreizten Beinen an der Leiter oder am Frontlader, und wenn er die Schere in der Hand behielt, bekamst du einen ordentlichen Haarschnitt. Diese Handwerker kamen alle öfter mal bei uns vorbei, meist nach Feierabend, und klüterten ein wenig bei uns herum. Sie sind dafür auch bezahlt worden – schwarz, versteht sich – aber sie sind auch immer gut versorgt worden. Meine Mudder hat immer gedacht: Wenn die nicht ordentlich versorgt werden, dann kommen die nicht wieder zu uns. Deshalb gab es bei uns immer gut und reichlich Essen; es gab immer frischen Kuchen, und es gab Bier. Mudder hat immer gedacht: Das ist das Wichtigste, dass das Bier nicht ausgeht. Und Mudder war eine Sonderangebotskäuferin. Aufmerksam studierte sie die Sonderangebote in den Anzeigen der Kieler Nachrichten. Da stand dann oft: Holsten Edel, auch Maurerbrause genannt, das war bei uns das Alltagsbier, Flens gab es nur sonntags, aber Holsten Edel gab es von montags bis samstags, Holsten Edel, dreißig Flaschen – ist heute auch nicht mehr so, sind bloß noch siebenundzwanzig in der Kiste – dreißig Flaschen, 9,99 Mark plus Pfand. Und ganz unten in der Ecke der Anzeige stand: Höchstabgabe drei Kisten. Und Mudder hat gedacht: Was soll ich wegen dreier gümmeliger Kisten Holsten Edel eigens zum Supermarkt fahren, da geht doch viel mehr in den Kofferraum des Mercedes 200 D, und dann fuhr sie mit zwei verschiedenen Jacken zum Supermarkt – das war kriminelle Energie! – ging einmal rein, holte sich drei Kisten raus, verstaute sie im Kofferraum, zog sich am Auto schnell die andere Jacke an, setzte sich zur Tarnung manchmal noch ein Kopftuch auf und ging nochmals in den Supermarkt, wenn möglich zur anderen Kasse, und holte sich nochmal drei Kisten raus. Dann hatte sie wieder für mindestens eine Woche genug Bier im Haus, und davon durften mein Bruder und ich auch immer etwas nehmen. Das war also der vierte Grund, warum wir uns im Haus meiner Eltern zum Vorglühen trafen: Wir hatten immer Bier.

Und der fünfte Grund war: Wir hatten immer Zigaretten. Obwohl meine Eltern niemals selbst geraucht haben, hatten sie doch immer Zigaretten im Haus. Im Küchenschrank gab es eine Schublade, in der immer eine Schachtel Lord Extra war. Oder Lux. Oder Ernte, Ernte 23. Besucherzigaretten waren das. Und an jedem Vormittag wurde in unserer Küche geschmökt; das fing um viertel nach neun am Morgen an. Damals war die Meierei in Wankendorf, im Nachbarort, noch in Gang, und der Milchkutscher Harro kam jeden Morgen um viertel nach neun, machte erst draußen den Milchtank leer und kam dann mit rein in die Küche und bekam von Mudder eine Tasse Kaffee mit, uääh, Kondensmilch und eine Zigarette aus der Schublade. Eine Viertelstunde später, halb zehn, kam der Postbüdel, der kriegte morgens um halb zehn eine Zigarette und eine Buddel Bier, aber immer bloß Holsten, denn sonntags, wenn es Flens gab, kam er ja nicht; da hatte er frei. Und ich erinnere mich an die Geburtstage meines Vadders; da standen auf jedem Tisch in der Stube abwechselnd Gläser mit Salzstangen und mit Zigaretten. Und die Zigaretten waren immer zuerst leer.

Wenn Vadder und Mudder Geburtstag hatten, dann hieß es bei uns im Haus: „Tag der offenen Tür". Jedenfalls, wenn es normale Geburtstage waren. Runde Geburtstage wurden auch mal in der Gastwirtschaft gefeiert, mit geladenen Gästen, aber zu den normalen Geburtstagen wurde nicht eingeladen; die Leute kamen einfach. Wer kommt, der kommt, sagte Mudder immer. Und die ersten Gäste kamen um neun, zum Frühstück, andere kamen zum Mittag, wieder andere zum Kaffee und die letzten zum Abendbrot. Und Vadder hatte einen Freund, der war Junggeselle, der freute sich an Vadders Geburtstag so sehr, dass er sich nicht selbst versorgen musste. Er kam zum Frühstück, blieb bis zum Mittagessen, fuhr dann für eine Mittagsstunde nach Hause, kam zum Kaffee wieder und blieb bis zum Abendbrot, na ja, eigentlich bis in die Nacht; sein Sitzfleisch war legendär.

An Vadders Geburtstagen kamen die Bauern unseres Dorfes immer vormittags, nur die Männer, ohne ihre Frauen, zum Frühschoppen. In der Regel hatten sie morgens zuhause den Stall gemacht, zusammen mit ihren Frauen, dann hatten sie zuhause gefrühstückt, mit ihren Frauen – Grundlage schaffen – und dann kamen sie; um zehn waren sie alle da, haben sich in die Stube gesetzt und haben angefangen zu saufen und zu rauchen, und wenn ich um zwei aus der Schule kam, dann waren sie alle duhn, und in der Stube konnte man nicht mehr gucken, so vollgequarzt war es dort.

Jedenfalls war in der Küchenschublade immer eine Schachtel Lord Extra, Besucherzigaretten, immer nur eine Schachtel. Bis heute habe ich keine Ahnung, wo Mudder den Nachschub aufbewahrte; ich weiß nur: Es gab Nachschub; die Zigaretten waren niemals alle. Soweit ich weiß, ließ sich Mudder damals von einer Freundin, die regelmäßig an Butterfahrten auf der Ostsee teilnahm, zollfrei stangenweise Lord Extra mitbringen. Warum ausgerechnet diese Marke? Ich weiß es nicht. Mitleid vielleicht?

Meine Clique bestand damals jedenfalls zu neunzig Prozent aus Rauchern, die aber zumeist noch zur Schule gingen oder studierten oder in der Lehre und somit chronisch pleite waren und immer Schmachter hatten. Und in der Not rauchten sie sogar Lord Extra.

Und also saßen wir, meine ganze Clique und ich, all meine Freunde und ich, jeden Freitag- und Samstagabend, bevor wir losfuhren zur Disco oder zum Grillfest, bei uns in der Küche zum Vorglühen, tranken Holsten Edel und rauchten Lord Extra, und wenn meine Eltern dann rein kamen, nach der Stallarbeit, und sie wollten selbst noch los, Freitag- oder Samstagabend, zum Feuerwehrball, oder sie waren zum Geburtstag eingeladen, dann ist es bei uns so: Unser Bauernhaus, etwa 1910 gebaut, ist ein kombiniertes Wohn- und Wirtschaftsgebäude, mit der großen Diele in der Mitte, und links der großen Diele ist das Wohnhaus, rechts der großen Diele ist der Stall. Und das Wohnhaus hat auch eine Haustür in der Mitte, aber die wurde damals kaum benutzt, da waren manchmal Spinnweben vor; denn alle Leute kamen bei meinen Eltern immer von der großen Diele aus durch den dusteren Gang, der dort war, an den alten Knechtkammern vorbei direkt in die Küche. Man konnte sich damals nicht einfach verstecken, wenn ein Vertreter kam und man wollte nicht mit ihm schnacken, weil das so eine Nervensäge war, ein Klugschnacker, ich weiß noch, der Typ von Arp Thordsen damals, aber der klingelte ja nicht an der Haustür, nein, er stand batz! in der Küche; und zumindest Mudder war meist in der Küche. In meinem Elternhaus kamen alle Leute direkt in die Küche; sogar die Zeugen Jehovas mit ihrem Wachturm kamen bei meinen Eltern direkt in die Küche.

Unsere Küche hat fünf Türen; in all die Richtungen gehen die Türen ab, und links von der Küche ist der Flur, und links des Flures befand sich das Schlafzimmer meiner Eltern (heute das Schlafzimmer von der Liebsten und mir), und rechts der Küche ist ein Flachdachanbau aus dem Jahre 1975, mit dem Heizungsraum, dem Hauswirtschaftsraum (Mudder sagte immer: de Waschkommer) und dem Badezimmer. Und wenn meine Eltern nun reinkamen und wollten selbst noch los, freitags- oder samstagsabends, dann sind sie erst in ihren dreckigen Stallklamotten an uns, die wir in der Küche saßen, Bier tranken und rauchten, vorbei in den Heizungsraum gegangen, haben ihre dreckigen Stallklamotten dort zum Trocknen aufgehängt, danach gingen sie ins Badezimmer, um sich zu waschen und gingen schließlich in Unterwäsche an uns vorbei Richtung Schlafzimmer, um sich für den Abend fein anzuziehen. Meine Mudder lief immer schnell durch, in ihrem Angora-Unterhemd und der großen weißen Hose, und mein Vadder kam immer mit seinem Doppelfeinripp-Unterhemd, stets beide Daumen hinter die

Träger geklemmt, und mit seiner Doppelfeinripp-Unterhose und blieb erst mal bei uns stehen, um mit uns eine Buddel Bier zu trinken.

Mir war das immer so was von peinlich, aber meinem Vadder war das einerlei. Er stand da, brachte ein paar Sprüche, trank sein Bier, und alle guckten auf seine Unterhosen. Und die waren wirklich speziell. Vadder trug sommer- wie wintertags dreiviertellange Unterhosen, die endeten unterhalb des Knies, dort, wo die Gummistiefel anfingen. Ein einziges Mal in meinem Leben, in dem heißen Sommer 1976, sah ich Vadder in einer kurzen Arbeitshose, aber drunter trug er seine dreiviertellange Unterhose. Aber nur einen Tag lang, dann fand auch er, dass das scheiße aussah.

Und Vadder trug seine Unterhosen noch wirklich auf. Seine Unterhosen, wenn sie älter wurden, waren an den Knien nicht nur ausgebeult, nein, sie waren durchgescheuert, und meine Oma pflegte alle Unterhosen meines Vadders an den Knien zu stopfen, aber nicht mit weißem Garn, nein, sie nahm grün, blau, braun, orange – das Garn, das gerade da war oder über oder gerade in Gebrauch; Oma sagte immer: Das kriegt ja doch keiner zu sehen!

Und manche dieser alten Unterhosen waren auch ein wenig ausgeleiert. Um die Wahrheit zu sagen: Sie hatten nicht nur Eingriff, nein, sie hatten auch Einblick. Vor allem, wenn wir in der Küche saßen und Vadder stand. Und wenn man so saß, dass man den richtigen Winkel hatte. Aber das hat Vadder nicht gestört. Er stand da, trank sein Bier, brachte ein paar Sprüche – alle meine Freunde mochten meinen Vadder gern, und

Vadder mochte meine Freunde. Auch deswegen war es kein Problem, dass ich im Januar, im Haus, im ersten Stock meinen Geburtstag groß gefeiert habe. Im Gegenteil – ich glaube, meine Eltern haben sich gefreut, dass endlich einmal wieder was los war.

Vadder stand dann den ganzen Abend mit einer Buddel Bier (nicht immer derselben Buddel Bier) im Flur und öffnete jedes Mal, wenn es an der Haustür klingelte, sofort die Tür, um mit denen, die rein kamen, anzustoßen, sie zu fragen, wo sie denn her kamen, was der Vadder so macht, wie viele Hektar sie haben und so weiter – Vadder war immer ein kommunikativer Typ – während Mudder den ganzen Abend in der Küche stand, um aus allem, aber wirklich allem, was sie in der Tiefkühltruhe gefunden hatte, Frikadellen für alle zu drehen und sich hinterher zu freuen, dass endlich einmal wieder ein wenig Platz in der Tiefkühltruhe war.

Dann starb im Dezember 1987 mein geliebter Opa, der Vadder meines Vadders, und mit jenem Tag nahmen meine Eltern meine geliebte Oma, die Mudder meines Vadders, bei sich auf. Sie bezog das Gästezimmer im ersten Stock, direkt neben meiner Bude, und fünf Wochen danach war mein zwanzigster Geburtstag, den ich gerne so feiern wollte wie immer: laut, dreckig, schnell, im ersten Stock. Und ich fragte meine Eltern, ob das möglich sei, auch mit einer trauernden Oma im Haus, und meine Eltern sagten, ich solle ruhig meinen Geburtstag feiern, so wie immer. Sie würden sich etwas überlegen, wegen Oma. Aber meine Freunde seien ja nett; noch nie sei irgend etwas kaputt gegangen; die Lampe in der Stube, die habe ja immer etwas gewackelt, aber sie sei ja nicht runter gefallen, und überhaupt: Feste müsse man feiern, solange es geht.

Und als es mit dem Fest soweit war, da stand Vadder wieder mit einer Buddel Bier in der Hand im Flur und öffnete die Tür, sobald es klingelte, und meine Mudder und meine Oma standen zusammen in der Küche und drehten Frikadellen für alle. Und als sie zu Bett gingen, da legte sich meine Oma unten, im Schlafzimmer meiner Eltern, im Ehebett meiner Eltern auf die Besucherritze, damit ich oben im ersten Stock meinen Geburtstag weiter feiern konnte, laut und dreckig, so wie immer.

Omas Zimmer im ersten Stock war währenddessen leer und abgeschlossen; den Schlüssel hatte ich in der Tasche. Leider fiel mir erst viel später ein, dass ich dieses Zimmer hätte vermieten können, halbstündlich wechselnd, an die üblichen Pärchen, die sich bei meinen Partys zu bilden pflegten. Als ich daran dachte, war die Fete längst vorbei. Da ärgerte ich mich; besonders geschäftstüchtig war ich noch nie. Und wurde es auch nicht mehr.

Aber wenn ich an meine Oma denke, auf der Ritze des Ehebettes zwischen meinen Eltern liegend, und wenn ich mir vorstelle, ich solle gemeinsam mit meiner Frau und meiner Mudder ins Bett gehen – ich glaube, meine Eltern hatten mich wirklich lieb. Also echt jetzt.

II

Oft werde ich gefragt, was meine Eltern dazu sagen, wenn ich solche Geschichten über Zuhause erzähle. Inzwischen sagen sie da beide nichts mehr zu; denn sie leben beide nicht mehr. Vadder starb 2014 und Mudder 2017, aber Mudder hat diese Geschichte noch gehört. Ich hatte einen Auftritt in Stolpe, in meinem Heimatdorf, im Dorfgemeinschaftshaus. Mudder war da; sie saß in der ersten Reihe, und ich erzählte diese Geschichte. Und in der Pause kam Mudder zu mir und sagte: Wat tüterst du di dor eenmol torecht? 9,99 Mark för Holsten Edel heff ik bestimmt nich betahlt! Dat weer doch veel to düer! Ik heff immer töövt, bit dat 8,50 Mark kost hett!

Und das war das einzige, was Mudder an dieser Geschichte auszusetzen hatte.

III

Anders als die Liebste und ich waren meine Eltern immer zusammen auf dem Hof. Birte hat ihren eigenen Beruf und arbeitet auch in diesem Beruf, außer Haus, aber meine Eltern waren immer zusammen auf dem Hof. Und es war recht klassisch, was die Rollenverteilung anbetraf. Mudder hatte Ländliche Hauswirtschaft gelernt und auch ein paar Jahre in dem Beruf gearbeitet, als Wirtschafterin, auf verschiedenen Höfen, und sogar fünf Jahre lang in der Schweiz, immer über Sommer, in Zürich, mitten in der Großstadt – das kann ich mir überhaupt nicht vorstellen, meine Mudder in der Großstadt – sie arbeitete dort in einer Pension mit Café dabei. Sie bekam sogar eine Rente aus der Schweiz. Die wurde monatlich überwiesen, und einmal im Jahr musste sie einen Bestätigungsbogen in die Schweiz schicken, vom Bürgermeister unterschrieben, als Beweis, dass sie noch am Leben sei. Einige Tage, nachdem Mudder gestorben war, kam dieser Bestätigungsbogen mit der Post. Der Bürgermeister ist ein guter Bekannter von mir. Aber dann habe ich es doch gelassen.

Und Vadder hatte nie eine landwirtschaftliche Fremdlehre gemacht – sein Vadder, mein Opa war asthmakrank, und er musste zuhause bleiben – aber er war zur Landwirtschaftsschule gegangen. Auf dem Hof hatte nun jeder der beiden – Mudder und Vadder – so ihren oder seinen Aufgabenbereich, wobei man ehrlicherweise sagen muss, dass der Aufgabenbereich meiner Mudder viel größer und viel vielseitiger war als der Aufgabenbereich meines Vadders.

Vadder hat die Außenwirtschaft gemacht – das Grünland, den Ackerbau, das Treckerfahren – und die schweren körperlichen Arbeiten – Futter verteilen, einstreuen, ausmisten mit der Hand – also nicht mit der Hand, sondern mit der Schubkarre und der Forke. Weiterhin hat er den Finanzkram geregelt, die Rechnungen bezahlt und die Buchführung erledigt – wobei Buchführung bei Vadder hieß, die Kontoauszüge und die Rechnungen zusammen in einen Schuhkarton zu schmeißen und alle sechs Monate beim Buchführer vorbei zu bringen. Außerdem war er ein Meister der provisorischen Reparatur aller möglichen landwirtschaftlichen Geräte und Vorrichtungen, vorzugsweise mit blauem Strohband, Super Press Blau. Das war es mit der Arbeit auf dem Hof, und in seiner freien Zeit hat er sich im Dorf engagiert. Er war Vorsitzender des Reitvereins. Er war im Vorstand der Jagdgenossenschaft und stellvertretender Ortsvertrauensmann des Bauernverbandes. Und er war sehr aktiv in der Feuerwehr und in der CDU. Manche sagen, das ist dasselbe, aber das stimmt nicht: In Stolpe sind das zwei Vereine. Lange Jahre war Vadder im Gemeinderat, lange Jahre Stellvertretender Bürgermeister und auch eine Wahlperiode, von 1982 bis 1986, erster Bürgermeister von Stolpe, glücklicherweise genau zu der Zeit, als ich konfirmiert wurde. Von den Geldgeschenken, die ich damals bekam, von mir unbekannten Leuten aus dem Dorf, zehre ich heute noch.

Um den Rest der Arbeit auf dem Hof kümmerte Mudder sich. Sie hat gemolken, die Kälber versorgt, die Schweine gefüttert. Sie half Vadder noch im Kuhstall, beim Versorgen der Tiere, füttern, einstreuen. Sie hatte Hühner und fuhr mit den Eiern zu Dorf und verkaufte sie. Sie mästete Gänse, die sie selber schlachtete und rupfte. Die Federn brachte sie zu Lindemann nach Wankendorf und ließ dort Federbetten daraus machen. Wir haben ungefähr fünfzig Federbetten im Haus, die sind dick und schwer, so dick und schwer, wenn du drunter liegst, stirbst du, und keines davon wird weggeschmissen. Die ältesten sind noch nicht einmal abgesteppt; morgens wirst du wach und hast vorne bloß das Laken, und dann geht es so steil hoch, dass du das Fenster des Schlafzimmers nicht sehen kannst, und du denkst, es ist den ganzen Tag lang dunkel, aber das stimmt gar nicht. Außerdem hatte Mudder einen großen Gemüsegarten und natürlich den ganzen großen Haushalt alleine. Sie hat Essen gekocht, auch noch für Oma und Opa, und das dorthin gefahren, zum Altenteil, zwei Kilometer weg, auf der anderen Seite der Autobahn, und wenn mit uns Kindern was war, Elternabend in der Schule, bei meinem Bruder oder mir, dann ist auch meist Mudder los gewesen, und in der Küche war mein Vadder für meine Mudder wirklich keine große Hilfe.

Wobei man nicht sagen kann, dass Vadder in der Küche gar nichts konnte. Er konnte sich zum Beispiel ein Brot schmieren, wenn Brot, Käse, Wurst und Butter auf dem Tisch standen. Oder zumindest Brot, Butter und Zucker. Denn zum Frühstück hat Vadder immer Zuckerbrot gegessen; das war ein Ritual. Das letzte Stück Brot zum Frühstück war immer Zuckerbrot; deswegen musste Mudder immer Weißbrot im Haus haben, Vadder sagte „Fienbrot" dazu, dicke Scheibe Fienbrot, eben-

20

so dick Butter drauf, und dann mit dem Teelöffel lose Zucker darauf gestreut. Anschließend hielt er das Stück Brot wieder über den Zuckerpott, zu einem Trichter geformt, um so etwaigen überflüssigen Zucker zurück in den Behälter zu befördern, und der nächste, der kam, um sich Zucker in den Tee zu tun, hatte dann Fettaugen auf dem Tee schwimmen; der trank dann gleich eine Brühe.

Mein Vadder ist jedenfalls achtzig Jahre alt geworden, ohne sich einmal in seinem Leben einen Kaffee, einen Tee oder ein Ei gekocht zu haben. Das einzige, was Vadder sich ab und zu zubereitet hat, am Herd, in der Küche, war Grog. Ab und zu hat er sich Wasser heiß gemacht, für einen Grog, er wusste also, wie der Herd funktioniert, und an die Grogzubereitung hat er Mudder auch nicht ran gelassen; sie hatte nicht das richtige Mischungsverhältnis. Den dünnen Kram mochte er nicht.

Ich weiß noch genau, wie es war, als Mudder mal zur Kur musste. Mudder musste zur Kur, vier Wochen, Bad Kissingen, mein Bruder und ich waren von zuhause ausgezogen, Vadder war ganz allein zuhause, und da haben Mudder und Vadder überlegt: Was machen wir mit Vadder, damit er nicht verhungert, in den vier Wochen allein zuhause?

Damals funktionierte die Nachbarschaftshilfe auf dem Dorf noch. Sie haben einfach andere Bauern gefragt, Freunde meiner Eltern, ob Vadder dort nicht vier Wochen lang mit Mittag essen könne; sie würden da auch was für bezahlen, und das war überhaupt kein Problem, und dann ist Vadder nach dem Essen einfach so lange sitzen geblieben, bis es auch noch Kaffee und Kuchen gab. Und so waren schon zwei Mahlzeiten des Tages abgehakt, Mittag war weg, Kaffee war weg, bloß morgens und abends musste Vadder sich noch selbst versorgen, und Mudder hatte vorher extra eingekauft, für vier Wochen, geschnitten Wurst, geschnitten Brot, geschnitten Käse, Butter, Zucker, Pumpernickel, der ganze Kühlschrank und die ganze Speisekammer waren voll, und als Mudder nach vier Wochen wieder nach Hause kam, war das alles noch da; denn Vadder hatte jeden Morgen zum Frühstück eine Tafel Schokolade gegessen, und abends zum Abendbrot gab es auch eine Tafel Schokolade, und wenn er Durst hatte, hat er sich ein Bier aufgemacht oder einen Grog zubereitet oder Milch rein geholt, und so ist er über die vier Wochen gekommen.

Und als Vadder mal zur Kur war – Vadder war sogar zweimal zur Kur, einmal Bad Salzschlirf, einmal Bad Füssing – da haben sie auch überlegt, wie das wohl wird; denn dort auf der Kur gab es ja Buffet. Und zwar nichts anderes als Buffet, viermal am Tag Buffet, zum Frühstück Buffet, zum Mittag Buffet, zum Kaffee Buffet und zum Abendbrot Buffet. Und wenn mein Vadder eins gehasst hat, dann war das: Buffet. Mit dem Teller rumlaufen und sich selbst etwas aussuchen, das man gerne mag – da hatte mein Vadder überhaupt keine Lust zu. Deswegen war es für meine Mudder immer totaler Stress, wenn meine Eltern irgendwo eingeladen waren, und es gab Buffet. Vadder hat sich schon mal hingesetzt und gewartet, und Mudder – als gute Sechziger-Jahre-Ehefrau – ist dann erst einmal mit seinem

Teller los. Sie wusste ja, was er gerne mochte, hat ihm den Teller vollgeladen, zum Tisch gebracht, hingestellt. Vadder fing sofort an zu essen, während Mudder mit ihrem eigenen Teller losging zum Buffet. Und als sie mit ihrem vollen Teller zum Tisch kam hatte Vadder schon aufgegessen und Mudder konnte gleich nochmal mit seinem Teller los.

Und nun war Vadder ohne Mudder auf Kur, und es gab Buffet, Buffet, Buffet, und sie haben gedacht: Oha, wie das wohl wird. Aber dort, in dem Kurheim, waren noch vier andere Bauern aus Schleswig-Holstein, und die waren vom Typ her genauso wie mein Vadder. Sie trafen sich bereits bei der ersten Mahlzeit an einem Tisch; ich weiß nicht, ob sie sich am Geruch erkannt haben, aber ich kann es mir gut vorstellen.

Denn ich weiß genau, wie es war, als Vadder los fuhr, zur Kur. Oh Mudder, rief er, föhrst du mi gau nahn Bahnhoff, ik mutt ja to Kur, aver eenmol will ik vörher noch dörch den Kohstall, eenmol noch dat Fudder ranschuben. Und dann ging er mit seinen guten Klamotten noch einmal durch den Kuhstall und schob das Futter ran. Natürlich schiss eine Kuh, und Vadder spritzte davon etwas an die Hose. Aver egol, wi hebbt keen Tiet mehr ümtotrecken, Mudder, föhr mi nahn Bahnhoff! Und abends, im Speisesaal des Kurheims, hielt er die Nase in den Raum, nahm Witterung auf und dachte: Dor achter in de Eck, dor rükt dat goot, dor gah ik mit hin.

Und dann saßen da insgesamt fünf Bauern aus Schleswig-Holstein an einem Tisch, einer vom selben Schlag wie der nächste, und dann war dort in dem Kurheim eine Bäuerin aus Schleswig-Holstein, weg von Zuhause; das heißt, sie hatte keine Kühe zu melken, keine Kälber zu tränken, keine Schweine zu füttern und keine Gänse zu schlachten, aber sie hatte keine Langeweile; denn sie hatte fünf Bauern zu versorgen. Den lieben langen Tag ist sie mit den Tellern durch die Gegend gerannt. Sie hat es freiwillig getan. Ich habe keine Ahnung, wie erholsam die Kur für sie war, aber mein Vadder war sehr erholt, als er von der Kur zurückkam. Er hatte eigentlich abnehmen sollen. Er nahm drei Kilo zu.

IV

Manche Dinge auf dem Hof haben Mudder und Vadder auch zusammen gemacht, Teamwork, und wenn es drauf ankam, waren sie ein gutes Team. Eine Sache, die sie immer zusammen gemacht haben, zu zweit, war: Eine Kuh zum Bullen zu bringen. Und das geht auch am besten zu zweit.

Wir hatten damals noch keinen Laufstall für die Kühe. Meine Eltern hielten etwa vierzig Kühe in zwei Anbindeställen auf dem Hof, und wir hatten immer eine bunte Herde, nicht nur schwarzbunte Kühe, sondern auch andere. Mudder wollte immer eine bunte Kuhherde. Meine Mudder ist wohl die einzige Milchbäuerin, die ein Charolais-Schwarzbunt-Kreuzungskuhkalb groß machte, es decken ließ und dann, nach dem Kalben, angemolken hat. Meine Eltern waren die einzigen Milchbauern weit und breit mit einer Charolais-Schwarzbunt-Kreuzungsmilchkuh. Die hatte einen solch gewaltigen Hintern – wenn die in den Kraftfutterautomaten reingegangen war, kam sie von allein nicht wieder raus, weil sie fest steckte. Vorwärts ging es, mit den Rippen, rapp rapp rapp, aber rückwärts wieder raus, da stockte es, und sie brauchte Hilfe. Normalerweise aber hatten meine Eltern etwa vierzig Kühe, davon etwa dreißig Schwarzbunte, fünf Rotbunte, drei Angler und zwei Jerseys, und nur für die Rotbunten, die Angler und die Jerseys kam der Besamungstechniker aus Schönböken, mit dem jeweiligen Sperma, damit diese Kühe wieder Rotbunt-, Angler- oder Jerseykälber kriegten, aber für die Schwarzbunten hatten wir immer einen schwarz-bunten Deckbullen. Und eine brünstige Kuh zum Bullen zu bringen, das war immer Teamwork. Das haben sie immer zusammen gemacht, zu zweit, und immer draußen auf dem Hof.

In der Außenwand des Stalltrakts rechts der Diele gibt es drei eingemauerte eiserne Anbinderinge. Man kann alles Mögliche daran anbinden, aber eben auch Kühe. Und wenn eine Kuh zum Bullen wollte oder sollte oder beides, dann haben meine Eltern der Kuh zunächst ein Strickhalfter angelegt, sie aus dem Stall geholt und draußen an der Mauer angebunden. Und dann blieb meine Mudder bei der Kuh stehen, um aufzupassen, dass sie nicht den Hintern weg dreht, wenn der Bulle von hinten kommt.

Man kann es sich vorstellen: Du bist eine Kuh, willst zum Bullen, hast vielleicht die ganze Nacht lang gebölkt. Dann haben deine Bauern endlich gemerkt, was mit dir los ist, machen dir einen Strickhalfter um, holen dich raus aus dem Stall und binden dich draußen an, mit dem Kopf vor der Mauer. Und dann stehst du da, eine Kuh vor der Mauer, und glotzt die Mauer an. Und dann kommt da etwas von hinten, und du, als Kuh, willst ja auch wissen: Was kommt da von hinten? Und die normale Reaktion, für dich als Kuh, ist: Du drehst dich um und guckst. Dann stehst du aber mit dem Hintern an der Wand, und der Bulle kann nicht mehr auf dich drauf springen. Deswegen blieb meine Mudder bei der Kuh stehen, hielt mit ausgestrecktem Arm gegen und gab Acht, dass die Kuh nicht den Hintern wegdreht, wenn der Bulle von hinten kommt.

Und dann kam mein Vadder mit dem Deckbullen. Auch mit dem Strickhalfter, aber zusätzlich noch mit einer Führstange, am Nasenring befestigt, damit der Bulle sich auch führen ließ, widerwillig zwar, aber immerhin. Vadder musste dem Bullen nun nicht erklären, was zu tun war. Das wusste der von ganz allein. Im Gegenteil, Vadder musste den Bullen ein wenig bremsen – ich mein, der weiß ja auch, was los ist, wenn er aus seinem Stall heraus geholt wird, und dann steht da die Kuh vor der Mauer, und der Bulle denkt: Juchhu! Und am liebsten will er gleich hin, im Galopp, und gleich rauf, im Galopp, aber dann ist der Bulle noch gar nicht so weit. Um die Wahrheit zu sagen: Er hat sein Ding noch nicht mal raus geholt, noch nicht ausgeschachtet, wie Vadder immer sagte.

Vadders Strategie war deshalb, den Bullen etwas zu bremsen, das ging ja, mit der Führstange, also führte Vadder den Bullen ganz langsam an die Kuh heran, so dass dieser erst mal mit der Schnauze ran kam, zum Schnuppern und zum Lecken – Vadder pflegte zu sagen: Auch Kuh und Bulle brauchen etwas Vorspiel – und Vadder guckte immer über seine Schulter unter den Bauch des Bullen und kontrollierte, ob es schon ginge, ob es schon so weit sei, ob das Ding schon raus käme. Und wenn Vadder der Meinung war: Joo, dat geiht, dann ließ er dem Bullen etwas Luft, und der sprang sofort auf die Kuh, und Mudder stand da ja immer noch und hielt den Hintern der Kuh fest. Bange war sie nicht; bange war meine Mudder wirklich nicht. Und anschließend – etwas Vergleichbares habe ich niemals wieder gesehen, es ging um Hundertstelsekunden, es war wirklich olympiareif, wenn das denn olympische Disziplin gewesen wäre – stand Mudder also da, ließ den Hintern der Kuh los, während der Bulle hinauf sprang, wartete, bis die Vorderbeine des Bullen vorbei waren, und in der Millisekunde danach kippte sie sich halb hinter die Kuh, halb unter den Bullen, und griff sich mit einer blitzschnellen, fließenden Bewegung den Schwanz der Kuh, um ihn beiseite zu ziehen, damit er beim Deckvorgang nicht im Weg herum hängen sollte. Und das konnte Mudder wirklich, wirklich gut. Ich mein, ich hab auf verschiedenen Höfen gearbeitet, ich hab mit verschiedenen Leuten Kühe zum Bullen gebracht, aber ich hab in meinem ganzen Leben keine bessere Schwanzbeiseitehalterin gesehen als meine Mudder. Und als ich das ein paar Mal gesehen hatte, konnte ich mir nicht mehr, niemals nicht vorstellen, mit meiner Frau und meiner Mudder zusammen ins Bett zu gehen, zusammen im Ehebett zu schlafen, so wie es meine Eltern mit meiner Oma zumindest einmal getan hatten, mir zuliebe.

V

Wahrscheinlich überrascht das niemanden, aber meine Eltern waren beide nicht so die großen Romantiker. Also wirklich nicht. Niemals habe ich gesehen, dass meine Eltern sich leidenschaftlich umarmten. Oder gar küssten. Vielmehr schien es so zu sein, dass meine Mudder meinen Vadder eher auf Abstand hielt. Die einzige körperliche Interaktion mit ihm, die sie sogar gelegentlich einforderte, sah etwa so aus: Mudder stand in der Küche, zeigte auf ihren Rücken und sagte zu Vadder: Du, Hannes, kannst du mi mol den Rüüch kleihen, dor achter, wo ik nich hin komm? Und Vadder sagte: Joo. Und stand auf, ging zu ihr und kratzte, mit ausgreifenden Bewegungen, während Mudder ihn dirigierte: Stück wieter links, Stück wieter boben, joo, dor, genau, dor!

Aber mehr habe ich nicht mitgekriegt. Und ich glaube tatsächlich: Mehr war da nicht. Wohl wissend, dass die meisten Menschen Probleme damit haben, sich ihre Eltern beim Sex vorzustellen, weil Elternsex quasi a priori eklig zu sein scheint, bin ich doch ziemlich sicher, dass meine Eltern wirklich keinen Sex miteinander hatten. Außer vielleicht, um erst meinen Bruder und dann mich zu zeugen. Und meine Eltern und Romantik? Meine Eltern und rote Rosenblütenblätter auf die Bettdecke gestreut? Meine Eltern nackt auf einem Kuhfell vor dem knisternden Kamin? Meine Eltern und Ölmassage bei Kerzenlicht? Meine Eltern und Frühstück im Bett? Kriege ich in meinen Kopf nicht rein.

Wie dem auch sei: Sie hatten ja zueinander gesagt, im Mai 1962, und sie haben eine Ehe geführt, bis dass der Tod euch scheidet ; sie waren 52 Jahre und vier Monate verheiratet, als mein Vater starb, im September 2014. Sie haben es durchgezogen, in guten wie in schlechten Tagen. Sie hielten zueinander. Ich weiß wirklich nicht, ob sie immer so glücklich miteinander waren, aber eine Trennung war nichts, was sie sich ernsthaft vorzustellen wagten. Und geredet wurde da schon gar nicht drüber, obwohl ich mich zumindest an eine ernsthafte Krise erinnern kann.

Im Mai 2012 haben sie ihre Goldene Hochzeit groß gefeiert. Mein Vadder war krank; er hatte es mit dem Herzen. Er hat Familienfeste immer gerne groß gefeiert, und vielleicht hat er geahnt, dass die Goldene Hochzeit sein letztes großes Fest sein könnte. Also beschlossen er und Mudder, die Goldene Hochzeit groß zu feiern. Über einhundert Leute hatten sie eingeladen, in den Dorfkrug in Nettelsee, und vorher wollten sie zur Kirche, um dort einen festlichen Gottesdienst anlässlich ihrer Goldenen Hochzeit zu feiern.

Zwei Wochen zuvor meldete sich dann die Pastorin aus Wankendorf bei meinen Eltern an; sie wollte einmal in Ruhe mit ihnen sprechen, damit sie bei der Goldenen Hochzeit auch etwas über sie und ihre Ehe erzählen könne. Meine Eltern luden meinen Bruder und mich ein; wir sollten bei dem Gespräch mit der Pastorin auch dabei sein.

Ich erinnere mich noch genau daran, wie es war, damals, mit der Pastorin, im Wohnzimmer meiner Eltern. Wir saßen am großen Stubentisch; mein Bruder und ich saßen an den Kopfenden und tauschten über den Tisch hinweg belustigte Blicke aus. Links von mir saß die Pastorin; rechts von mir saßen meine Eltern. Nach ein wenig Kaffeegeschlürfe und etwas Vorgeplänkel fragte die Pastorin dann nacheinander meine Eltern, warum sie sich fünfzig Jahre zuvor gerade den jeweils anderen ausgesucht hatten, was denn an dem anderen so besonders war.

Zuerst fragte sie meine Mudder, was an meinem Vadder so besonders war, warum sie sich ihn ausgesucht hatte. Und Mudder sagte: Ik harr jo ok annere hebben kunnt!

Das ist Romantik! Die Pastorin guckte etwas ratlos; Mudder schien zu überlegen und sagte noch einmal: Ik harr jo ok annere hebben kunnt! Und nach einer kleinen Pause fügte sie hinzu: Hannes, ne, dat weer jo ümmer son lütten Dicken; biet Rietturnier stünn he ganz alleen in de Eck. Dor kreeg ik Mitleed...

Die Pastorin schrieb etwas in ihren Notizblock, und dann fragte sie Vadder, was denn an Mudder so besonders gewesen sei, warum er sich sie ausgesucht hatte. Und Vadder sagte: Thea, ne, de kunn jo richtig goot melken! Un fört Kalverutmisten weer se sik ok nich to schaad. Un, ach jo, koken un backen kunn se ok.

Die Pastorin notierte auch das. Erstaunlicherweise machte sie eine wunderbare, wertschätzende Rede daraus, und meine Eltern hatten eine wunderbare Goldene Hochzeit. Zunächst in der Kirche, die voll war mit Freunden und Bekannten und den zehn Omas, die immer hin gingen, wenn irgend etwas los war, in der Kirche. Hinterher stand dort ein Freund meiner Eltern mit einer zweispännigen Kutsche vor der Kirche und fuhr sie die sieben Kilometer lange Strecke zum Dorfkrug mit der Kutsche durch das zarte Maigrün des Frühlings. Dort, im Krug, waren alle Verwandten und Freunde dort, und sie feierten zusammen, ein letztes Mal, bevor sie anfingen zu sterben, einer nach dem anderen. Damals aber wussten sie das noch nicht und ließen es sich gut gehen. Als wir dann alle aufgestanden waren und meine Eltern mit erhobenen Gläsern hochleben ließen, traten mir ebenso wie meinem Vadder die Tränen in die Augen. Mudder sah, wie es Vadder feucht über die Wangen lief, und leise zischte sie ihm zu: Du blarrst jo all wedder. Wat blarrst du all wedder? Und durch einen Schleier von Tränen musste ich lachen.

Über zwei Jahre später, am 23. September 2014, starb mein Vadder. Und das kam plötzlich. Gewiss, er war schwer herzkrank, aber eigentlich ging es Vadder immer gleich gut oder gleich schlecht. Aber an jenem Tag, beim Nachmittagskaffee, verdrehte er mit einem Mal die Augen, kippte zur Seite und starb. Unsere Tochter Marie, die mit am Tisch saß, versuchte noch, Vadder wiederzubeleben, aber vergebens. Er war tot.

Hinterher wollte Mudder ihn gern noch einmal sehen. Also fuhren mein Bruder, meine Mudder und ich einige Tage später nach Wankendorf in die kleine Trauerhalle neben der Kirche. Vadder lag dort, aufgebahrt, in seiner Feuerwehruniform. Langsam betraten wir den Raum. Vadder sah gut aus, gar nicht grau und teigig, sondern so rosig, als hätten sie ihn geschminkt, extra für uns. Mudder ging sofort zu ihm – sie hatte ihn immer schmuck gefunden, in Uniform – und fasste ihn an und schnackte so zärtlich mit ihm, wie ich es niemals gehört hatte, solange er noch am Leben gewesen war. Und dann – und das werde ich nie vergessen – hob sie Vadders Decke hoch und guckte nach, ob sie ihm Socken angezogen hatten, nicht, dass er unterwegs womöglich kalte Füße bekommen würde.

Diese kleine Geste war es, die mich für mein Leben angerührt hat. Plötzlich wusste ich: Romantik, gut und schön, aber eine lange Ehe zu führen, ja zueinander gesagt zu haben und das durchzuziehen, ein Leben lang, bis dass der Tod euch scheidet, und für einander da zu sein, das geht auch ohne Romantik. Meine Eltern waren das beste Beispiel dafür.

VI

Inzwischen leben meine Eltern beide nicht mehr. Mudder starb im Juli 2017 an Krebs, nachdem sie sich wochenlang trotzig und stur gegen den Tod gewehrt hatte. Heute sind zwar die meisten unserer Kinder von zu Hause ausgezogen, aber gelegentlich treffen sie sich zum Vorglühen mit ihren Freunden in unserer Küche. Nach Möglichkeit vermeide ich es dann, in Unterwäsche an ihnen vorbei zu laufen. Ich weiß auch nicht, was da schief gelaufen ist...

Am Sonntagmorgen

Am Sonntagmorgen ist alles anders als sonst.

Wochentags, von Montag bis Samstag, bin ich Chef. Auf meiner kleinen Farm beschäftige ich einen festen Mitarbeiter (Sven) und einen Azubi (Burner). Von Montag bis Samstag bin ich im Normalfall nie alleine auf dem Hof. Immerzu muss ich kommunizieren, delegieren, planen, Arbeiten einteilen, ausbilden. So soll der Lehrling beispielsweise jede Woche im Berichtsheft unter der Rubrik „Was habe ich Neues gelernt" etwas Entsprechendes aufschreiben. Drei Jahre Ausbildung und jede Woche was Neues lernen? Ich meine, klar, man lernt die ganze Zeit, aber jede Woche was Neues lernen, das ein Azubi, der keinen Bock aufs Berichtsheftschreiben hat, in möglichst einem Satz zusammenfassen kann, ist eine Herausforderung. Aber neulich hatte ich einen Geistesblitz. Wir hatten 46 laktierende Kühe im Stall. Bei unserem Doppel-Fünfer-Fischgrätenmelkstand musste also zum Schluss eine Kuh allein in der Reihe stehen. Das mag nicht jede. Normalerweise passen wir auf, dass eine möglichst alte Kuh die letzte ist, aber diesmal hatte es nicht geklappt. Die junge Kuh, die da jetzt vorne am Gitter stand, war aufgeregt und unruhig. Sie ging immer wieder rückwärts, so dass andauernd das Melkgeschirr abfiel. Also stellte ich mich oben hinter die Kuh. Nun hielt das Melkgeschirr, aber sie ließ nicht zu. Vor Aufregung angespannt, blieb das Euter prall. Kein Tropfen Milch lief in den Glaspokal. Sven sagte: Da kommt nix. Soll ich Oxytocin spritzen? Nee, sagte ich, wir zeigen Burner mal ein altes Hausrezept. Ohne Wartezeit. Darmmassage. Hat Vadder immer so gemacht. Der brauchte kein Oxytocin. Burner, hol mal einen Untersuchungshandschuh!

Wenig später hatte ich mir den transparenten, orangefarbenen Handschuh bis zur Schulter des rechten Arms hochgezogen. Mit links hob ich den Schwanz der Kuh an, mit rechts überwand ich den Schließmuskel und war – plopp – mit dem ganzen Arm im Darm der Kuh. Während Sven und Burner unten im Melkstand standen und aufmerksam die Kuh und den Glaspokal beobachteten, kraulte ich die Kuh von innen. Zwei Minuten lang passierte nix, und ich fürchtete schon, mich zum Affen zu machen, da spürte ich, wie die Muskeln sich unter meinen Fingern entspannten, und Augenblicke später schoss die Milch in den Glaspokal. Am Ende waren es zwölf Liter, und mein Arm war warm. Seht ihr, so geht das, rief ich meinen Mitarbeitern zu. Man muss nicht immer Oxytocin spritzen. Und soll ich euch noch was sagen? Vadder hat damals schon Plastik eingespart und das immer ohne Handschuh gemacht!

Burner schrieb später ins Berichtsheft: Wenn eine Kuh die Milch nicht runter lässt: Darmmassage. Ohne Wartezeit für Fleisch und Milch. Opas machen das immer ohne Handschuh.

Genug der Abschweifung: Am Sonntagmorgen, darauf wollte ich hinaus, ist alles anders. Am Sonntag haben Sven und Burner nämlich frei, und ich habe Dienst. Das liebe ich, denn sonntags bin ich kein Chef, kein Ausbilder, kein Vorarbeiter und kein Planer. Sonntags muss ich auch nicht kommunizieren, nicht erklären, nüscht. Sonntags bin ich einfach Bauer, und ich genieße es, einfach Bauer zu sein.

Das fängt damit an, dass ich unpünktlich bin. Seit Jahren brauche ich keinen Wecker, um zeitig aufzuwachen. Ich wache einfach auf. Aber sonntags schlafe ich entspannter. Ich weiß, die Arbeit läuft nicht weg, und ich weiß auch, dass draußen niemand auf mich wartet und dass sonntags die Gefahr einer unangemeldeten Kontrolle von was oder wem auch immer als eher gering einzuschätzen ist. Also drehe ich mich nochmal um, und im besten Falle döse ich die letzte halbe Stunde mit der Liebsten im Arm, Haut an Haut. Dann stehe ich auf, koche in Unterwäsche eine Kanne Kaffee für den Melkstand, ziehe die Stinkeklamotten an und gehe raus. In aller Stille schlendere ich von Stall zu Stall, versorge Hühner, Pferde, Jungvieh, Trockensteher, Kühe. Es soll sogar schon vorgekommen sein, dass ich zwischendurch stehen blieb, um ein Pferd oder ein Kalb oder eine Kuh zu streicheln. Schließlich fange ich an zu melken, ganz in Ruhe, ganz gelassen. Es macht Spaß, ja, es ist eine Freude. Den Sonntagmorgen allein im Stall, ich brauche ihn, um runter zu kommen, um zu spüren, dass ich noch da bin. Ja, ich bin noch da.

Mein Sohn fällt mir ein, Peer. Nach der Ausbildung zum Landwirt hat er ein Jahr in Schweden gearbeitet, auf Nibble Gard in Järna. Peer erzählte, der Bauer dort, Lukas, hat am Sonntagmorgen auch immer ganz allein Stalldienst gemacht. Dazu habe er im Radio bei voller Lautstärke klassische Musik gehört, deren Klang den ganzen Hof erfüllte. Einmal, am frühen Sonntag, habe Peer Lukas etwas fragen wollen. Der war gerade fertig mit melken und dabei, den Wartebereich vor dem Melkstand mit dem Gülleschieber abzuschieben. Ganz versunken tanzte er zum Takt der Musik mit dem Gülleschieber durch den Stall, und Peer beobachtete ihn einen Moment, wollte aber nicht stören und zog sich unbemerkt zurück.

Es geht also nicht nur mir so. Der Sonntagmorgen im Stall – niemals sonst bin ich mehr Bauer als hier, als jetzt.

Beim Doktor

Neulich hatte ich eine kleine OP. Nichts Schlimmes. Mir wurde eine Krampfader aus dem Bein gerupft, ambulant, unter Vollnarkose. War halb so wild. Was ich rührend fand: Nach der OP bekam ich ein Rezept für Schmerztabletten und eine Krankmeldung, einen gelben Zettel in die Hand gedrückt. Der Arzt hatte mich für elf lange Tage krankgeschrieben. Ich las und musste lächeln. Bevor ich von der Liebsten abgeholt wurde – selber Auto fahren durfte ich nicht, wegen der Vollnarkose – lief mir der Doc nochmal über den Weg. Wie süß, dass Sie mich für elf Tage krank schreiben, sagte ich, aber ich bin Bauer. Ach so, sagte er, das hatte ich vergessen. Halten Sie sich drei Tage lang zurück. Zwei Wochen lang sollten Sie nicht schwer heben. Und ganz wichtig: Keine Ausfallschritte. Nicht unvorsichtig hoch auf den und runter vom Trecker! Dann wird das schon.

Während ich später an jenem Tag bei einer Tasse Tee mein frisch operiertes Bein hoch lagerte, musste ich daran denken, wie sehr sich die Dinge doch verändern können. Denn ich erinnerte mich an einen kleinen Arbeitsunfall, den ich zur Zeit meiner landwirtschaftlichen Lehre hatte, auf dem zweiten Lehrbetrieb, auf dem ich das erste Lehrjahr beenden konnte, nachdem ich vom ersten Hof getürmt war. Dort, bei Herbert und Sybille, war es menschlich total herzlich, aber es gab viel, viel Arbeit. Einmal, im Winter, waren Herbert und ich mit dem John Deere zum Knicken gefahren. Als wir zum Melken nach Hause wollten, kletterte ich auf den Beifahrersitz. Ich hatte die Hand noch am Treckerholm, als Herbert die Fahrertür zuschlug. Mein ausgestreckter Mittelfinger war eingeklemmt. Ich schrie auf, und als Herbert die Tür wieder geöffnet hatte, war der Nagel meines Fingers in der Mitte durchtrennt, und ich blutete nicht schlecht. Mir wurde schwummrig vor Augen. Herbert fuhr mich mit dem Trecker direkt zum Arzt. Die Wunde wurde genäht; ich bekam einen Verband und einen gelben Zettel. Elf Tage krank. Ja, es tat ein wenig weh; zum Glück war nichts gebrochen. Der Schwindel war vorüber; mir ging es schon wieder viel besser. Tatsächlich bekam ich plötzlich richtig gute Laune. Noch während wir zu Herberts Hof zurück fuhren, begann ich, Pläne zu machen, was ich mit meiner unverhofften freien Zeit anfangen würde. Ich könnte meinen Bruder besuchen oder meine Schulfreundin, die in Göttingen studierte, wow, dachte ich, elf Tage Sonderurlaub, danke, Herbert!

Wie grundsätzlich anders solche Dinge doch sind, abhängig davon, ob ich Bauer bin oder Lehrling war. Als ich damals am zwölften Tag nach dem Unfall gut erholt in bester Laune wieder zum Dienst erschien, bemerkte ich eine leichte Verstimmung bei Herbert. Konnte ich nicht verstehen. Schließlich hatten er selbst und seine Treckertür mir das doch eingebrockt. Elf lange Tage war ich krank gewesen!

Tja, und nun bin ich Bauer, seit dreiundzwanzig Jahren schon. Immerhin gehe ich zum Arzt, wenn es not tut, freiwillig sogar. Anders als zumindest einer meiner Nachbarn. Vor einigen Jahren kontrollierte er die Drainagen auf seinem Betrieb. Wie immer trug er Gummistiefel ohne Stahlkappen, weil er, eigenen empirischen Untersuchungen folgend, überzeugt davon ist, dass eine Kuh, die ihm auf den Fuß latscht, ohnehin immer hinter der Stahlkappe drauf tritt, das wissen die genau, die Mistviecher. Er schob den Betondeckel eines Drainagekontrollschachts zur Seite, um in den Schacht zu gucken. Dann rutschte der Deckel ab und fiel ihm auf den Fuß, senkrecht, mit der schmalen Kante voran. Das habe schon ein wenig weh getan, sagte er hinterher, aber von außen war alles gut; der Stiefel war noch heil. Und obwohl er gedanklich auszuschließen versuchte, dass sein Fuß beschädigt sei – schließlich könne ein kaputter Fuß ja schlecht in einem heilen Stiefel stecken – wollte er lieber nicht nachgucken. Er arbeitete einfach weiter. Wurde mit der Zeit irgendwie enger im Stiefel, meinte er. Aber die Arbeit musste erledigt werden. Kühe melken sich nur äußerst selten von allein.

Nachbars Lebensgefährtin ist Krankenschwester. Als sie am Abend den Fuß sah, rief sie: Oh Mann, du musst zum Arzt! Quatsch, sagte er, das ist nur ein Kratzer. Du musst wenigstens gegen Tetanus geimpft werden, insistierte sie. Dann besorg mir doch eine Spritze, meinte er.

Sie hat es versucht. Aber der Arzt bestand darauf, den Fuß selbst zu sehen. Widerwillig fuhr mein Nachbar also am nächsten Vormittag in die Praxis. Beim Blick auf den Fuß schüttelte der Allgemeinmediziner, der sicher einiges gewohnt war, nur den Kopf und sagte, was die Wundversorgung angehe, sei jetzt ohnehin alles zu spät. Mit seinen Schutzhandschuhen tastete er den Fuß ab und meinte, wahrscheinlich sei wohl nichts gebrochen. Dann setzte er die Tetanusspritze. Nun war mein Nachbar wieder frei. Und weil er schon mal im Dorf unterwegs war, fuhr er gleich weiter zum Landmarkt, um sich erstmal neue Gummistiefel zu kaufen. Drei Nummern größer als normal. Die passen besser, meinte er, zumindest auf der einen Seite.

Soweit ich weiß, ist inzwischen wieder alles gut. Die alten Stiefel passen wieder. Die guten, ohne Stahlkappe, versteht sich.

Gerüche meines Lebens

Wann immer jemand vom Soundtrack seines Lebens spricht, weiß jede und jeder sofort, was gemeint ist. Ich höre ein Lied, sagen wir beispielsweise „What is love?" von Howard Jones, und zack! liege ich wieder zusammen mit Inga knutschenderweise auf dem französischen Bett im Zimmer meines auf Klassenfahrt befindlichen großen Bruders (dunkelbrauner Breitcord) und frage mich in hocherregtem Staunen, wie eine menschliche Zunge gleichzeitig so groß, so glatt, so weich, so muskulös, so flink und überhaupt so wunderbar sein kann. Überall haben alle Leute beim Hören von Musik derlei Flashbacks, und stundenlang kann man sich mit wachsender Begeisterung davon erzählen.

Aber was ist mit Gerüchen? Gibt es für andere auch einen Geruchstrack des Lebens, oder geht es nur mir so? Plötzlich, irgendwo, im Alltag, steigt mir ein Geruch in die Nase, und ich schließe die Augen, spüre dem nach, und vor meinem inneren Auge entstehen Bilder, bunt und deutlich, und wenn es gute Erinnerungen sind, beginne ich zu lächeln.

Mastschweine zum Beispiel. Immer wenn ich Mastschweine rieche, muss ich an Uta denken, meine erste große Liebe. Und das hat weder etwas mit Uta als Person zu tun noch mit ihrem Geruch, aber ihr Vater Horsi war Schweinebauer, und immer, wenn ich Uta auf dem Hof ihrer Eltern besuchte, roch es dort ziemlich intensiv nach Schwein. Auf dem Weg durch die Diele hin zu ihrem Zimmer musste ich immer an dem Garderobenhaken vorbei, an dem der dunkelblaue Stalloverall ihres Vaters hing, und beim Einatmen an dieser Wegmarke wusste ich: Es sind noch 23 Sekunden, bis ich in Utas Armen liege. Auf diese Weise hat mein Hirn den Stallgeruch von Mastschweinen für immer und unauslöschlich mit der großen Euphorie der ersten Liebe verknüpft, und erstaunlicherweise wird das nicht wieder gelöscht. Seit dreiunddreißig Jahren sind Uta und ich kein Paar mehr, aber jedes Mal, wenn ich am Schweinestall meines Nachbarn vorbei fahre, atme ich ein, schließe kurz die Augen, lächle und denke an Uta.

Oder der Duft trocknenden Grases beim Heumachen, dieses Aroma, das mich immer wünschen macht, die ganze Welt umarmen zu können. Schließe ich einmal die Augen, sehe ich mich als kleinen Jungen auf dem Beifahrersitz unseres alten Fendts. Vadder presst das Heu, unsere Gesichter sind schwarz verstaubt, und die Ballenschleuder pfeffert alle paar Sekunden eine Heuklappe durch die flimmernde Sommerluft auf den Anhänger. Schließe ich zweimal die Augen, sehe ich Birte und mich auf dem Heuwagen liegen. Auf einem ganz schmalen Grünlandschlag entlang der Bundesstraße – inzwischen unter der Autobahn verschwunden – konnte man nicht mit Presse und Anhänger gleichzeitig fahren: zu schmal zum Wenden. Also zunächst pressen und dann mit Trecker und Anhänger hin, um die Klappen aufzuladen. Vadder fuhr den Trecker; ich ging nebenher und stakte das Heu auf, und Birte packte die Klappen auf dem Anhänger zurecht. Nach getaner Arbeit fuhr Vadder das Gespann heim, während Birte und ich hinten im Heu lagen, uns an den Händen hielten und ins tiefe Blau des Himmels guckten, und alles war Glück, Glück, Glück.

Und neulich hatte ich mir ein neues Deo gekauft. Ich bin da immer nicht so wählerisch; Hauptsache, es steht „Men" drauf, denn ich will ungern nach Pfirsich-Vanille riechen. Als ich mir das neue Deo erstmals unter die Achseln schmierte, wehte mich so ein Duft an, und unwillkürlich musste ich lächeln, ohne zu wissen, warum. Nochmals atmete ich ein und schloss die Augen. Ich sah das Ferienhotel auf Teneriffa, in dem Birte und ich im Jahr unserer Silberhochzeit der holsteinischen Novemberdunkelheit entflohen waren. Schöne Tage waren das gewesen, aber was in aller Welt hatten sie mit meinem Deo zu tun? Noch einmal atmete ich ein und konzentrierte mich. Und dann hatte ich es: Mein Deo roch genauso wie die frisch gewischten Flure in diesem Hotel, am Morgen, auf dem Weg von unserem Zimmer mit Meerblick hin zum Speisesaal, in dem das Frühstück serviert wurde. Wieder lächelte ich, bevor ich stutzte: Warum zum Teufel riecht mein Deo wie das Fußbodenreinigungsmittel einer Ferienhotelanlage auf Teneriffa? Und bedeutet das, dass sie dort ein tolles Reinigungsmittel benutzen? Oder habe ich etwa ein Scheißdeo?

Landjugendromantik

Neulich erzählte meine Tochter
von einem jungen Bauern
nicht weit weg
der sich nachts mit der Rückenspritze
in den Garten der Eltern
seiner Angebeteten geschlichen hatte
um mittels Roundup
vor ihrem Zimmerfenster
ein Herz auf den Rasen
nicht zu malen sondern
tot zu spritzen

nach wenigen Tagen
starb das Gras
scheinbar grundlos und
wie aus dem Nichts wurde
das welke Herz sichtbar

gute alte Landjugendromantik
dachte ich

was für eine kranke Idee
das ist so schlimm
das hat schon wieder was

wenn ich mich recht erinnere
hat der Alte
seit sieben Jahren tot
aus den Zeiten vor der Umstellung
immer noch
kleine Restbestände
im Heizungsraum des Altenteils gebunkert

krasse Scheiße

ich werde das Zeug behalten

man kann nie wissen
wofür das
nochmal gut sein kann

Landjugendromantik, nochmal

Im Allgemeinen
bin ich immer recht verträglich gewesen
mit den Verehrern meiner Töchter

ich hab immer die Fresse gehalten
keine Sprüche von wegen

junger Mann
wir müssen uns mal unterhalten
was machen Sie eigentlich beruflich?
kann man davon eine Familie ernähren?

wenn aber einer gekommen wäre
mittels Roundup
seine Liebe zu beweisen
und unter dem Fenster meiner Tochter
ein totes braunes Herz
in unseren grünen Rasen zu spritzen

nun ja
was soll ich sagen

ich habe zwar eine Schwäche
für Freaks aller Art
aber ich fürchte
der hätte es schwer gehabt

Der Jauchewurm

Gern denke ich noch immer an die Mistfliegen auf der Weide. Das sind stolze, flinke, dicke Brummer mit auffälliger Grünmetallic-Lackierung, die, sobald eine Kuh auf der Weide geschissen hat, sich zu Dutzenden auf den Fladen stürzen, um ihn in Nullkommanix wegzuhapsen. Später kommen sie dann angeflogen und setzen sich auf das Stück Kuchen, das ich gerade esse, und ich frage mich, wo dieses Prachtinsekt wohl zuvor seine sechs Füße geparkt hatte. Das frage ich mich aber nicht sorgenvoll oder beunruhigt, sondern eher interessiert, getrieben von einer gesunden Neugier und voller Anteilnahme am Leben anderer Menschen, Tiere und Pflanzen, zwar nicht wissend, aber ahnend, dass all der Dreck, mit dem ich als Bauernkind ständig in Kontakt war, mein Immunsystem unschlagbar gemacht hat. Noch heute kenne ich Gedanken wie etwa „Diese Küche ist eklig und dreckig; aus dieser Küche würde ich nichts essen" nicht. Nöö, ich denke: „Ich bin im Haus meiner Mudder groß geworden und gesund. Guten Appetit!" Was nicht heißen soll, dass es bei uns im Hause dreckig war. Nur nahm Mudder es mit der Hygiene nicht so genau. Sie wurde für ihre Koch- und Backkünste gerühmt, und nachdem sie einen klebrigen Teig eine Zeitlang durchgeknetet hatte, waren ihre Hände sauber wie selten.

Nachdem meine Eltern fünfundzwanzig Jahre lang in zwei Festmist-Anbindeställen gemolken hatten, bauten sie im Jahre 1990 einen Laufstall fürs Milchvieh, mit eingestreuten Liegeboxen und Spaltenböden. Das war unser Einstieg in die Gülletechnik. Damals waren die Liebste und ich jung verliebt und sprühten vor Glück. Manchmal molken wir zusammen die Kühe in unserem Doppel-Fünfer-Fischgrätenmelkstand, und wenn Birte mir im Vorbeigehen von hinten in den Hintern kniff, wurde mir wieder bewusst, dass es nicht Mudder war, mit der ich gerade zusammen arbeitete. Es waren Tage der puren Glückseligkeit, bis wir eines Abends beim Melken etliche weiße, labberige, schleimige Larven entdeckten, die an den Fliesen des Melkstandes empor krochen und irgendwie eklig aussahen, wie grotesk riesenhafte Spermien, die nicht wussten, wohin. Sogar ich fand sie bäh, und Birte sagte, solange sie nicht wisse, was das für Viecher seien, werde sie nicht mehr melken.

Ich fragte meine Eltern. Sie zuckten mit den Schultern. Ich fragte den Tierarzt. Er hatte keine Ahnung. Birte hörte auf zu melken. Ich molk weiter, zuckte ebenfalls mit den Schultern und dachte: „Ich muss diese namenlosen Dinger ja nicht essen." Manchmal fand ich verpuppte Larven. Und ab und zu saßen nun strunzdumme, fast bewegungsunfähige Fliegen im Melkstand. Ich hielt sie abwechselnd für einen Witz Gottes, eine Laune der Natur oder eine Mutation, verursacht durch böse Schwingungen des Güllesystems.

Als Spezi mein Lehrling war, hörte ich zum ersten Mal eine Bezeichnung für diese Spermienschleimlarven. „Das issn Jauchewurm", sagte Spezi. Und jetzt, ein gutes Dutzend Jahre später, habe ich tatsächlich einmal „Jauchewurm" in eine bäumepflanzende Internet-Suchmaschine eingegeben. Tatsächlich wusste das Internet damit etwas anzufangen. Es handele sich um die sogenannte „Rattenschwanzlarve" der auch als „Mistbiene" oder „Schlammbiene" bezeichneten „Scheinbienen-Keilfleckschwebfliege". So viele Buchstaben für ein nahezu lebensunfähiges Gülleinsekt. Ich las weiter. Der Fluchtreflex der Mistbiene sei nur schwach ausgeprägt, stand da, offensichtlich verlasse sie sich auf ihre Bienenähnlichkeit zur Abwehr natürlicher Feinde. Wobei ich schon immer fand, dass auch ihre Bienenähnlichkeit nur schwach ausgeprägt ist.

Egal. Jetzt haben die Viecher also Namen. Nun weiß ich, dass ich Rattenschwanzlarven und Scheinbienen-Keilfleckschwebfliegen im Melkstand habe. Stumpf krabbeln sie in ihrer Jugend die Fliesen empor; stumpf krabbeln sie als erwachsene Tiere auf den gläsernen Milchmesspokalen herum. Sie scheinen keine Ahnung zu haben, wozu Flügel da sind. Sie waren bloß Materie, haben angefangen zu atmen, zack!, waren sie Lebewesen. Nie habe ich sie bei Fortpflanzungstätigkeiten beobachtet. Offensichtlich gebären sie sich selbst, geschlechtslos, aus der Gülle. Zu leben und tot zu sein scheint für sie annähernd dasselbe zu bedeuten. Sie sind eine Laune der Natur. Ein Witz Gottes. Eine Mutation, begünstigt durch moderne Stallsysteme. Aber sie nerven auch nicht. Sie sind einfach da und stellen keine Fragen. Sie nehmen ihr Leben, wie es kommt. Oder geht. Irgendwie bewundernswert.

Und das Beste ist: Niemals sitzen sie auf meinem Kuchen. Das machen nach wie vor die stolzen, flinken, dicken Brummer mit der Grünmetallic-Lackierung. Es gibt sie noch.

Gert ist tot

Eines muss ich mal zugeben: Ich mag es, auf Beerdigungen oder Trauerfeiern zu gehen. Zusammen zu kommen, um Abschied von einem geliebten oder gemochten oder auch nur gekannten Menschen zu nehmen, erscheint mir eine sinnvolle und tröstende Errungenschaft unserer Kultur. Wobei ich die erste Beerdigung, an der ich teilnahm, eher als verstörend empfand. Ich war vierzehn, und der alleinstehende Bruder meiner Mudder, ebenfalls Bauer, war mit 52 an Krebs gestorben. Ich war erschüttert, als Mudder am offenen Grab komplett die Kontrolle verlor und mit dem Ausruf „Kalli, wi vergeet di nich!" zu taumeln begann und fast hinterher gefallen war. Anschließend standen wir mit der Familie ein Stück abseits in einer Reihe, nach dem Alter sortiert, ich als Letzter, weil ich der jüngste war, und unzählige Menschen, die ich noch nie gesehen hatte, gingen an uns vorbei, drückten unsere Hände, guckten traurig und murmelten „Beileid". Später ging es in den Dorfkrug, und plötzlich schienen alle bestens gelaunt und hauten sich den Kuchen rein. Ich fand das verlogen, und als eine entfernte Tante sich zu meiner Mutter setzte und sie fragte, ob Kalli denn auch etwas für die Familie hinterlassen habe, da beschloss ich, Beerdigungen aller Art fortan als komplett beschissen zu betrachten.

Heute empfinde ich das ganz anders. Okay, als nichtgläubiger Mensch schalte ich ab, wenn die Rede davon ist, dass unser Herr jetzt seine Erlöserhand ausstrecken soll, aber vorher, wenn Pastor oder Pastorin vom Leben des Verstorbenen berichtet, dann bin ich sehr aufmerksam, das Gesprochene verbindet sich mit meinen Erinnerungen an diesen Menschen, und plötzlich bin ich ihm oder ihr nahe.

Ein besonderer Augenblick ist es dann, wenn alle aufstehen, während die trauernde Familie hinter dem Sarg oder der Urne aus der Kirche geht. Ich spüre immer noch, wie viel Kraft mir das gab, als ich selbst dort ging, meinen Vadder, meine Mudder, meinen Bruder fort zu bringen. Das früher ungeliebte Kaffeetrinken hinterher erlebe ich inzwischen als sehr wohltuend. Die Gespräche kreisen um die Erinnerungen an den verstorbenen Menschen und wenden sich zu gleicher Zeit dem Alltag zu. Das Leben geht weiter, im Wissen um die Sterblichkeit und mit neuem Mut gehe ich raus, jeden Tag zu genießen.

Und jetzt ist Corona, und die Leute mussten dazu übergehen, Verstorbene im engsten Familienkreis zu verabschieden. Das ist ein großer Verlust. Es ist schwierig geworden, Anteil zu nehmen, wenn ein Mensch stirbt. Früher nahm ich mir Zeit, um zur Trauerfeier zu gehen, und war dabei. Jetzt schreibe ich einen Kondolenzbrief, aber jedes Wort klingt am Ende so hohl wie das gemurmelte „Beileid".

Die letzte Trauerfeier, zu der ich ging, war die von Gert. Wir waren zwölf Leute, die sich im Freien trafen und später in der Kneipe Schnittchen aßen.

Gert war ein enger Freund meiner Eltern. Kennengelernt habe ich ihn wahrscheinlich in Mudders Küche beim Kaffee. Gert war Landmaschinenvertreter. Von ihm kaufte Vadder 1985 in einem Rutsch den Fendt Favorit und die Welger-Presse. Seitdem waren Vadder und Gert beste Kumpels, ebenso wie Fendt und Welger. Gert war ein freundlicher, zuvorkommender Typ, wie gemacht für den Außendienst. Er sorgte dafür, dass meine Eltern, die so gut wie nie den Hof über Nacht verließen, 1984 und 1985 zwei mehrtägige Reisen unternahmen: 1984 mit dem Bus zum Fendt-Werk nach Marktoberdorf, 1985 mit dem Flieger zum Fiatagri-Werk in Turin. Diese Bauerntouren sind im Kreis Plön bis heute unvergessen, weil es auf ihnen so hoch her ging. Der Trip nach Italien war für meine Eltern und für viele Mitreisende die erste und einzige Flugreise ihres Lebens, aber es soll in der Reisegruppe Leute gegeben haben, die am Hamburger Flughafen schon so voll gewesen sind, dass sie, in Turin angekommen, glaubten, sie seien mit dem Bus gefahren. An den Flug fehlte ihnen jegliche Erinnerung.

Später war Gert Werksvertreter für einen süddeutschen Mulcherfabrikanten. Er hatte auf unserem Hof einen Teil der Maschinenhalle gemietet und war häufig bei uns. Da er selbst damals keine Enkelkinder hatte, liebte er es, Kontakt zu unseren Kindern zu haben. Mal nahm er unsere Zwillinge übers Wochenende mit nach Hause, und Gert und seine Frau Elke machten Ausflüge mit ihnen; mal begleitete Peer ihn auf einer Mulcherverkaufstour. Peer schwärmt noch heute davon: „Ich habe so viel Naschi gekriegt, dass ich kotzen musste! Das war toll!"

Auch als Gert im Ruhestand war, riss der Kontakt niemals ganz ab, und doch trafen wir uns meist nur auf Trauerfeiern und telefonierten zu Weihnachten. Nach zwei Schlaganfällen ging es ihm zuletzt immer schlechter. Seit Mai war er im Krankenhaus und baute immer stärker ab. Am Ende erkannte er Elke nicht mehr. Und nun ist er tot.

Von den Bäuerinnen und Bauern, die mit ihm auf Reisen gewesen waren, stand niemand mit am Grab. Aber ich dachte daran, wie es wohl war, damals: eine Bauernhorde, besoffen in Turin. Gert als Organisator sorgte dafür, dass in Italien keiner verloren ging. Die ordnende Hand in einem Haufen wilder Hühner und Hähne. Ich konnte es mir gut vorstellen. Allerbest sogar.

Gespeichert

Oft sind es die kleinen Dinge, an die ich mich erinnere, die ich nicht vergesse. Eine kleine Geste, ein Augenblick, ein Satz, gesehen, gesprochen oder gehört, gerochen oder gespürt und dann gespeichert. Erst einmal für immer, aber keiner weiß ja, wie lange so ein Hirn funktioniert. Aber das weiß man bei Computern ja auch nicht.

So sollte ich einmal bei einer Diamantenen Hochzeit eines alten Bauernpaares zwischen Mittag und Kaffee ein paar Geschichten erzählen; die Kinder des Ehrenpaares hatten mich gebucht. Während im Saal noch der Nachtisch verputzt wurde, standen wir zu dritt in der Gaststube und schnackten. Bis vor drei Jahren hatten wir auch Milchkühe, sagte der Bauer zu mir, aber wir hatten keinen Nachfolger. Ich hab einen Job als Hausmeister bekommen; da haben wir die Kühe verkauft. Es war genau die richtige Entscheidung. Aber der Tag, an dem die Kühe abgeholt wurden, der war sicher schlimm, oder?, fragte ich. Ja, das war nicht schön, sagte er, und seine Frau, die Bäuerin, stand neben ihm, und plötzlich liefen ihr dicke Tränen über das Gesicht. Hilflos und traurig guckte sie mich an, und ich verstand. Es ist ein Schmerz, der sich nicht in Worte fassen lässt. Der verdrängt werden kann, der aber nicht vergeht. Ein Gedanke, eine Bemerkung, und zack: Der Schmerz ist wieder da. Gespeichert.

Bei einem anderen Auftritt traf ich am Rande der Veranstaltung Herrn von Gartzen, meinen Französisch-Lehrer in der Oberstufe. In der Pause kam er zu mir und wir schnackten ein wenig; noch immer hatte er diese ruhige, angenehme Stimme. Ich erinnerte mich, wie wir im Abiturjahrgang Camus auf Französisch lasen und dann auf Deutsch diskutierten. Es ging um Politik, um das Leben der Menschen, und einige von uns, die mit diskutierten, waren ungeduldig. Wir wollten die Revolution, ein gutes Leben für alle, und zwar jetzt. Herr von Gartzen sagte: Denkt nicht immer so groß. Das wird euch am Ende traurig machen. Oder einsam. Denkt klein. Guckt auf den Menschen neben euch und schaut, ob ihr da tätig sein könnt. Auch so könnt ihr die Welt verändern. Ich regte mich auf, fand das läppisch und feige und rumdoktern an Symptomen, aber: gespeichert. Und nie vergessen. Oft in meinem Leben habe ich Herrn von Gartzens Stimme gehört, in meinem Kopf. Und meistens hat sie das Richtige gesagt. Ob Lehrer das wissen, wie sehr sie ihre Schüler inspirieren können, mit nur sechs kleinen Sätzen, auf Deutsch, im Französischunterricht?

Und da ist diese Weihnachtserinnerung. In der Schule in Plön, im wilhelminischen Schulgebäude, im dunklen Licht der Wintersonnenwende. Letzter Tag vor den Weihnachtsferien, jedes Jahr wieder. Auf dem Adventskranz, der vor dem Lehrerzimmer von der Decke hing, brannte schon die vierte Kerze. Überall in der Schule roch es nach Kerzen und nach Kuchen. Es gab keinen Unterricht mehr; man guckte Filme, sang schief und schräge Weihnachtslieder, oder die Lehrkraft las Geschichten vor. Und dann sang der Weihnachtschor. In unserer Schule gab es keine Halle, in die alle Schüler passten. Deshalb mussten zur vereinbarten Zeit alle Klassen in ihren Klassenzimmern sitzen und ganz, ganz leise sein. Wenn es soweit war, wurden alle Klassenzimmertüren geöffnet. Der Schulchor stand dann unten im Hochparterre, auf der Treppe vor dem Lehrerzimmer und sang aus vollem Halse seine so wunderschönen Weihnachtslieder, und dieser so wunderbare Klang hallte durch alle drei Stockwerke unserer alten Schule und war bestimmt auch in den Jungs- und Mädchenklos im Souterrain bestens zu hören. Er floss über die Treppen, über den Terrazzo-Fußboden, durch die Gänge, an den Wänden entlang durch die Türen der Klassenzimmer direkt in unsere Ohren und dann in unsere Herzen, und unwillkürlich fingen wir an zu lächeln. Und waren wir auch noch so pubertär, stinkende, picklige Jungs, Mädchen mit schlimmen Frisuren, hin- und hergerissen in einer Welt, die wir erst allmählich zu verstehen begannen – wenn der Schulchor am letzten Tag vor den Weihnachtsferien seine Lieder sang war alles wieder gut. Und dieser Duft nach Kerzen und Kuchen, dieses dunkle Licht, dieser Klang: gespeichert. Werde ich nie vergessen. Solange das Hirn funktioniert, kann ich daran denken. Und lächeln.

Halloween

Es war ein ganz normaler Montagmorgen. Einer dieser typischen Montagmorgen, an denen ich mich mühsam aus dem Bett quälte, die Kinder für die Schule fertig machte, ihnen vielleicht noch eine Stulle schmierte, damit sie in der Pause was zum In-den-Papierkorb-Werfen haben. Beim Blick in den Spiegel während des Zähneputzens dachte ich noch: Wer montags morgens gut aussieht, hat ein Scheißwochenende gehabt. Ich kochte mir noch einen Kaffee fürs Melken und ging raus in den Stall. Beim Zusammentreiben der Kühe in den Wartebereich vor dem Melkstand sah ich es dann: Eine rotbunte Kuh, Carolina, lag eingeklemmt im Kraftfutterautomaten und regte sich nicht mehr. Sie war tot.

Nachdem ich den ersten Schreck verdaut hatte, versuchte ich zu rekonstruieren, was geschehen war: Die Schale aus rostfreiem Edelstahl, aus welcher die Kühe die aus dem darüber liegenden Kraftfuttersilo heruntergefallenen Pellets fressen, war aus der Halterung gebrochen und lag nun einen Meter tiefer auf dem Fußboden, mitten in dem Stahlgerüst, aus welchem der Kraftfutterautomat zusammen gebaut ist. Gierig darauf, trotzdem an die leckeren Pellets zu gelangen, hatte Carolina den Kopf von oben in das Gerüst gesteckt und sich dabei eingeklemmt. In Panik hatte sie versucht, sich loszureißen, war dabei hingefallen und hatte aufgrund des festgeklemmten Kopfes nicht wieder aufstehen können. In dieser Stellung, den Hals bis aufs Äußerste gespannt, war sie offensichtlich erstickt. Es muss ein qualvoller Tod gewesen sein, und ich hatte nichts davon mitgekriegt, was für ein Drama des Nachts in meinem Stall vor sich gegangen war.

Nun war Carolina tot, und es war, wie es immer ist: Das Leben geht weiter. Der Tag geht weiter. Trauern kann ich auch während des Arbeitens. Und schließlich mussten die anderen Kühe gemolken werden. Ich setzte die ersten zehn Kühe an und lief noch einmal ins Haus, um den Abdecker anzurufen. Die Dame am anderen Ende meinte, der LKW würde gegen Mittag bei mir sein, um Carolinas Kadaver abzuholen. Bis dahin müsste ich Carolina also aus dem Stall befördern, um sie zum Abtransport bereit zu legen. Ich ging zurück in den Stall, vorbei am Melkstand, in welchem die ersten zehn Kühe noch dabei waren, sich die Milch abzapfen zu lassen, hin zum Futterautomaten, um mir zu überlegen, wie ich die tote Carolina aus dem Stahlgerüst bekommen könnte. Wenn ich die Kuh ganz lassen wollte, müsste ich das Stahlgerüst komplett abbauen. Das wäre allein unmöglich gewesen. Für zwei Leute schätzte ich zwei Tage Arbeit. Sofort war mir klar: Ich musste der toten Kuh den Kopf abschneiden. Dann könnte ich den Rumpf mit dem Trecker rausziehen und den Kopf aus dem Stahlgerüst fummeln, um ihn auf der Schubkarre rauszufahren. So würde ich es machen.

Nachdem ich die nächsten Kühe angesetzt hatte, rief ich erneut beim Abdecker an und fragte nach, ob der LKW-Fahrer die tote Kuh auch mitnehmen würde, wenn sie in zwei Teilen auf dem Hof läge. Hä, wieso, fragte die Dame am anderen Ende. Ich erklärte es ihr.

Sie sagte, sie müsse mal kurz mit ihrem Vorgesetzten sprechen. Kurz danach die Meldung: Solange Ohrmarken dran sind und die Teile zusammen passen, sei das kein Problem. Also wusste ich Bescheid.

Nachdem ich mit melken fertig war, holte ich mir ein großes Fleischmesser aus der Küche und versuchte, der Kuh den Kopf abzusäbeln. Aber woran es auch lag, ob das Messer zu stumpf war oder der Bauer zu blöd, ich schaffte es nicht, die Kuh in zwei Teile zu schneiden. Und die Zeit lief mir davon. Bald schon würde der LKW hupend auf dem Hof stehen. Da fiel es mir ein: Motorsäge. Ich trieb die anderen Kühe raus auf die Weide und riss die Säge an. Auf dem Rumpf der Kuh stehend, versenkte ich die Kette in der Haut des Halses. Sofort flogen mir kleine Fleischklumpen um die Ohren und ich war erleichtert, mir eine Schutzbrille aufgesetzt zu haben. Nach einer gefühlten Ewigkeit fiel der Kopf nach vorne weg, und der Rumpf plumpste nach hinten. Mit Mühe hielt ich mein Gleichgewicht. Nie zuvor hatte ich eine Arbeit getan, die mir unangenehmer gewesen war. Ich kam mir ziemlich scheiße vor. Aber ich wusste mir nicht anders zu helfen.

Nachdem ich die beiden Teile der Kuh auf den Hof befördert hatte, holte ich den Rinderpass aus dem Ordner im Büro. Mit dem Pass in der Hand, Fleischfetzen am Pulli und einer blutbesudelten Motorsäge neben mir stand ich bei Carolina, als der LKW auf den Hof rollte. Eine Szene wie aus einem Horrorfilm. Das Kettensägen-Massaker. Da erst fiel mir auf, was für einen Tag wir hatten – es war Halloween. Trotz des Verlustes, trotz des Todes, trotz der Trauer und trotz der Fleischklumpen in meinem Haar – ich musste lächeln, als ich ins Haus ging, um fürs Mittagessen zu kochen. Ich wollte das Lieblingsessen unserer Kinder machen: Spaghetti Bolognese.

Angora

Wir hatten Mitte November

das Wetter hielt sich herbstlich und
eigentlich wollte ich den Rindern
und uns
noch einige Weidetage gönnen

nur eine Starke stand kurz vor dem Kalbetermin
also wollten wir sie heim holen
aus dem Moor
in den Stall

als wir auf der Weide ankamen
war sie nicht bei den anderen

wir mussten sie suchen

wir fanden sie bei einem Busch
hinter dem sie sich versteckt hatte
um in Ruhe zu kalben

als wir kamen
sprang sie auf

die Beine guckten schon raus
und in der Scheide
bewegte sich eine Zunge

wir waren nicht zu spät

vorne hielten meine Mitarbeiter
die Starke am Strickhalfter
während ich einen Tampen
um die Kälberbeine schlang und
zu ziehen begann

einen Augenblick später
lag das Kalb im kühlen Novembergras

seiner Mutter war das alles
erstmal zu viel
sie schnupperte nicht einmal
an dem kleinen Wesen
das sie gerade geboren hatte

wir führten sie auf den Viehwagen und
trugen das Kalb hinterher

zehn Kilometer Heimfahrt
lagen vor uns und
das Kalb zitterte jetzt schon

ich überlegte und dann
zog ich meinen Arbeitspullover aus
Größe XXXL
und hielt ihn auf
während meine Mitarbeiter das Kalb hinein stopften
schließlich schloss ich den Reißverschluss am Hals

jetzt lag das Kalb in meinem Pullover
auf dem Viehwagen und
sah darin etwas verloren aus

hübsch
sagte ich und
mit Vollgas fuhren wir heim

später
in der Abkalbebox
kümmerte sich die Starke um das Kalb
und alles war gut

als ich diese Geschichte am Abend
meiner Tochter erzählte
rief sie
du bist ja süß!
und
hast du ein Foto gemacht?

nö
sagte ich
auf die Idee bin ich gar nicht gekommen

der Pullover ist aus Polyacryl

eigentlich wollte ich das Kalb so nennen
aber A ist dran
also heißt es jetzt Angora
klingt auch besser
edler irgendwie

Glücklich in Lumpen

Vor einiger Zeit war ich für einige Monate regelmäßig im Fernsehen zu sehen, immer mal wieder. Im NDR liefen die „Hofgeschichten", in denen fünf Bäuerinnen und Bauern aus Norddeutschland im Wechsel durch ihren Alltag begleitet wurden. Ich war einer davon. Nach gut einem Jahr flog ich raus und wurde durch einen anderen Bauern oder eine andere Bäuerin ersetzt. So funktioniert das Konzept der Sendereihe – die Sendung bleibt, die Bäuerinnen und Bauern wechseln – und insgesamt entsteht ein vielfältiges und relativ realistisches Bild von Landwirtschaft in all ihren Facetten. Das gilt auch für unseren Betrieb: Alle Folgen zusammengenommen malen ein recht gutes Bild von einem Jahr auf unserem Hof, zwischen Kühen und Kultur, zwischen Stall und Bühnen im Norden.

Ich weiß noch, wie es war, als der Redakteur mich anrief, um zu fragen, ob ich bereit sei, in dieser Sendung einer der Protagonisten zu sein. Er sagte: Sie sollen nichts für uns inszenieren. Wir wollen Sie einfach nur durch den Alltag begleiten. Wir laufen einfach nur mit. Am besten, Sie tun so, als wären wir gar nicht da. Und ich dachte: Glaubt er die Scheiße, die er da redet, wirklich selbst?

Ich hatte vorher schon ein paar Mal mit dem Fernsehen zu tun, und ich wusste: Wenn du ein Kamerateam an den Hacken hast, dann schaffst du den ganzen Tag nichts, weil alles dreimal so lange dauert, und nach acht

Stunden filmen hast du vier Minuten Film. Trotzdem ließ ich mich darauf ein, sogar ohne eine Gage zu verlangen. Ich dachte, wenn sie gute Arbeit machen, ist das auch Werbung für mich als Entertainer, und irgendwie hatte ich sogar Bock drauf.

Mein Anspruch war: Landwirtschaft muss so gezeigt werden, wie sie ist. Kein extra Aufräumen für das Fernsehen. Keine Show. Echte Menschen auf echten Höfen in echten Situationen. Keine neuen, sauberen Arbeitsklamotten, sondern das, was ich nun einmal anhabe bei der Arbeit. Ich trage nämlich schon immer meine abgelegte Alltagskleidung im Stall auf. Geflickte Hosen, löchrige Pullover, kaputte Jacken. Ich mag es so. Ich bin Bauer und kein Dressman.

Erstaunlicherweise hat diese Marotte von mir zu einigen besorgten bis empörten Zuschriften geführt. Wie verwahrlost und ärmlich ich doch rumliefe auf meinem Hof, ich lasse mich offensichtlich gehen, ich wirke wie ein gebrochener Mann. Was für ein Quatsch, echt. Ein Zuschauer schickte mir sogar einen Katalog von Engelbert Strauss. Stylish und bequem!, schrieb er aufmunternd dazu.

Sorry, aber ich kann da nicht gegenan. Ich weiß, heutzutage werden Bauerngören oftmals nicht nur in Engelbert-Strauss-Klamotten gezeugt, am Rande von Grillfeten, nein, sie werden auch in Engelbert-Strauss-Klamotten geboren. Selbst Kleinkinder haben diese beknackten Belüftungsreißverschlüsse an ihren Arbeitshosen, und ungelogen, neulich sah ich bei einer Beerdigung in der Kirche einen Altbauern, der in Engelbert Strauss seine Hände zum Gebet faltete. Bald wird auch er tot sein, gestorben in Engelbert Strauss. Ganz ehrlich: Mir geht das auf den Sack, diese Markendurchdringung bis in die letzte Ecke des Alltags hinein. Überall kotzt mich dieser große Vogel an. Die Leute tragen das mit Stolz, aber ich muss dabei immer an Sträflingskleidung denken. Ich weiß nicht, warum.

Tatsächlich scheint es so zu sein, dass ich, ob ich es nun will oder nicht, mit zunehmendem Alter meinem Vadder immer ähnlicher werde. Schon Vadder trug immer seine alten Jacketts und die geerbten alten Jacketts verstorbener Verwandter im Stall und auf dem Trecker auf. Gummistiefel, alte Anzughose, Tweedjackett, Prinz-Heinrich-Mütze. Manchmal sah er aus wie ein äußerst verarmter englischer Landadeliger, und die dekorativen Flicken auf den Ellenbogen machten tatsächlich Sinn; denn darunter war die Jacke kaputt. Ich mochte ihn leiden so, und wie ich im Film „Der Bauer und sein Prinz" sehen konnte, läuft Prinz Charles auf seinem Gutshof genauso abgerissen herum. Das fand ich irgendwie sympathisch, und fast fand ich es traurig, dass niemals Verwandte sterben, deren alte Jacketts groß genug für mich sind.

Es bleibt dabei: Auf dem Hof, bei der Arbeit, im Stall trage ich Lumpen. Solange, bis sie auseinanderfallen. Für mich hat das auch etwas mit Nachhaltigkeit zu tun. Ich habe etwas an; ich bin nicht nackt, und mir geht es allerbest in meinem Räuberzivil. Kein Grund zur Sorge.

Meine beiden Mitarbeiter allerdings tragen immer Engelbert Strauss. Seit sie diese Klamotten haben, laufen sie breitbeiniger und auch wesentlich wichtiger über den Hof. Und wenn ihnen langweilig ist, spielen sie mit den Belüftungsreißverschlüssen herum wie kleine Ferkel mit dem Beschäftigungsbällchen in ihrer Vollspaltenbucht. Irgendwie süß.

Manfred und Rosi

Manfred kam aus Hamburg und lebte lange Zeit mit meiner Tante Rosi zusammen. Rosi war Mudders kleine Schwester und meine Großstadttante. Wie Mudder war Rosi auf einem einsam gelegenen Hof im Kreis Plön aufgewachsen. Als junge Frau aber zog es sie in die Stadt, zunächst nach Zürich. Dort übernahm sie Mudders Sommerjob in einer Pension mit Tea-Room. Mudder hatte jahrelang über Sommer im Betrieb der Familie Bulmbacher gearbeitet und am Ende des Sommers stets zugesagt, im nächsten Frühjahr wiederzukommen. So auch 1961. Aber im Dezember 1961 starb ihr Vater, Mudder dachte, so vermute ich, sie müsse jetzt sesshaft werden, mit siebenundzwanzig, und verlobte sich mit meinem Vadder. Im Mai 1962 heirateten sie, und Mudder zog zu Vadder auf den kleinen Hof. Nach wie vor stand sie aber im Wort, über Sommer in Zürich zu arbeiten. Ihre kleine Schwester Rosi war gerade fertig mit der Hauswirtschaftslehre, und Mudder dachte, Rosi könne sie in der Schweiz vertreten. Unnötig, das abzustimmen; das würde schon klar gehen.

Es folgte die Hochzeitsreise meiner Eltern: Im alten Mercedes 190 fuhren sie in die Schweiz. Auf der Rückbank Rosi, die sie zur Familie Bulmbacher brachten. Sie hatten eine Panne und schafften die Strecke nicht an einem Tag. Weil sie Geld für eine Pension nicht hatten oder sparen wollten, übernachteten sie zu dritt im Auto auf einem Parkplatz an einer großen Kirche in Karlsruhe. Am nächsten Morgen fuhren sie weiter bis nach Zürich. Mudder latschte zu Bulmbachers rein und sagte, sie sei nun verheiratet und könne nicht zum Arbeiten kommen, sie müsse melken in Holstein, und schwanger sei sie auch, aber sie bringe ihre Schwester Rosi mit, die könne die Arbeit ebenso gut erledigen wie sie. Einverstanden, sagten Bulmbachers, man trank noch einen Tee zusammen, schließlich war es ein Tea-Room. Mudder besuchte noch eine Zürcher Freundin und stellte ihr meinen Vadder vor. Anschließend fuhren meine Eltern wieder heim. Sie übernachteten wieder in Karlsruhe auf dem Parkplatz an der Kirche; da hatte es ihnen in der Nacht zuvor so gut gefallen. Zur Stallzeit am Abend danach waren sie wieder daheim. Die legendären Flitterwochen meiner Eltern: zwei Nächte im Mercedes in Karlsruhe.

Rosi blieb einige Jahre in Zürich. Es gibt hinreißende Fotos von ihr, im Minikleid, auf dem zugefrorenen Zürichsee, im Damensitz auf einer Vespa in den Bergen. Ende der sechziger Jahre verließ sie die Schweiz und zog nach Hamburg. Während mein Bruder und ich uns ein Zimmer teilen mussten, wurde das leer stehende Gästezimmer für Rosi frei gehalten, die ab und zu übers Wochenende zu uns auf den Hof kam, zuerst allein, später immer öfter mit Manfred. Zu Weihnachten brachte sie immer Spielzeug mit, den letzten Schrei aus Hamburg, aus Plastik, mit Batterien, wackelnde, kläffende Automatikdackel oder so. Zuverlässig schaffte ich es, meine Geschenke in der Zeit zwischen Bescherung und Zu-Bett-Gehen kaputt zu machen.

Irgendwann hörte ich auf, Rosi zu mögen. Das lag

an einem einzigen Satz von ihr. Ich hatte Manfred, der auch Fußballer war, erzählt, dass ich zur D-Jugend-Kreisauswahl eingeladen worden war. Später erzählte er Rosi am Tisch davon, und sie rief, während ich daneben saß: Quatsch, so gut ist der nicht! Von da an war sie bei mir unten durch. Kurz danach war Manfred bei ihr unten durch, und Rosi heiratete mit über vierzig einen wortkargen, kettenrauchenden Werftarbeiter. Sie kehrte in den Kreis Plön zurück und machte von da an auf mich immer einen unglücklichen Eindruck. Sie starb früh an Krebs.

Manfred heiratete auch, eine wunderhübsche junge Finnin mit einem lustigen Akzent. Wir waren mit der Familie auf der Hochzeit in Hamburg, im Hotel Norge, was ich schon damals lustig fand: Warum heiraten Finnen im Hotel Norge? In den Jahren danach begann Manfred, skandinavische Holzhäuser zu vertreiben. Gelegentlich telefonierte er mit meinen Eltern. Als diese Mitte der neunziger Jahre ihr Altenteilerhaus planten, bot Manfred an, mal vorbei zu kommen und seine Häuser zu präsentieren. Und obwohl für Vadder, Holsteiner Bauer durch und durch, sonnenklar war, dass sein Altenteil massiv gebaut sein müsse, Stein auf Stein, lud er Manfred ein, zum Kaffee und zum Verkaufsgespräch.

Ich war dabei. Es war schön, Manfred wieder zu sehen, nach einigen Jahren. Er erkundigte sich nach meiner Fußballerkarriere, und ich sagte, Quatsch, so gut bin ich nicht. Dann holte er seine Präsentationsmappe raus und fing seinen Vortrag an. Anderthalb Stunden lang referierte er über die Vorteile von Holzhäusern, über skandinavischer Lärche, das gesunde Wohnklima und so weiter und so fort. Auf jede Frage hatte er eine gute Antwort, und am Ende hätte ich ihm alles abgekauft. Na, wat sachst du, Hannes?, fragte Manfred, und Vadder sagte: Dat is jo allens recht goot un schön, aver eegentlich wullen Thea un ik op unse olen Daag jo nich in eene Baracke leven.

Manfred trank seinen Kaffee aus, packte seine Mappe ein, stand auf und verabschiedete sich. Ich habe ihn niemals wieder gesehen.

Gutshof!

Keine Ahnung, warum das so war, aber meine Eltern haben nie großen Wert auf Gartengestaltung gelegt, obwohl unser Garten riesig war. Zunächst gab es dort Kartoffeln und Lauch und manchmal auch Salat, dann einen Fußballplatz für meinen Bruder und mich, und nachdem Udo ausgezogen war und der Fußballacker dicht zu wuchern begann, wurden in einem Teil des Gartens Nadelbäume gepflanzt, während Vadder im anderen Teil des Gartens den Zaun so versetzte, dass die Fläche der Kälberweide zugeschlagen wurde. Eine Terrasse oder einen Freisitz gab es in unserem Garten nie. Die Idee, im Freien sitzend eine Mahlzeit einzunehmen oder ein Bier oder einen Kaffee zu trinken, muss meinen Eltern irgendwie absurd vorgekommen sein. Ich weiß noch, wie ungewöhnlich und wie schön ich es fand, als ich in der Lehre war und wir auf dem Lehrbetrieb bei schönem Wetter mit dem ganzen Team und der Familie im Garten zu Mittag aßen. Ungläubig schüttelte ich den Kopf. Was für eine einfache und brilliante Idee! Draußen essen! Wow!

Zuhause war allein der Weg vom Gartentor zur Haustür befestigt, mit feinsten Siebziger-Jahre-Waschbetonplatten. Als die Liebste und ich 1998 auf den Hof zogen, dachten wir: Irgendwann kommt der Waschbeton wech, und dann machen wir uns das hübsch. Und kümmerten uns erstmal um die vielen Ks: Kinder. Kühe. Köter. Katzen. Klepper. Anfang des 21. Jahrhunderts starb Birtes Vater, und von dem Geld, das sie geerbt hatte, bauten wir in Richtung Autobahn einen Wintergarten an – in der Baugenehmigung stand, dass der Wintergarten so gestaltet sein müsse, dass er von der Bundesautobahn aus nicht für ein Verkehrsschild gehalten werden könne – und rund um den Wintergarten und zwischen ihm und den Waschbetonplatten ließen wir eine gepflasterte Terrasse anlegen. Der Pflasterstein war vom Typ „Plöner Altstadtpflaster". In Plön war ich zur Schule gegangen, und nun zuhause barfuß auf Plöner Altstadtpflaster zu wandeln, gab mir ein gutes Gefühl. Außerdem konnten wir jetzt draußen essen, und beim Silofahren oder bei der Strohernte saßen wir oft fröhlich mit etlichen Leuten auf der Terrasse und brüllten uns an. Nicht etwa, weil wir Streit hatten. Sondern weil die Autobahn nebenan so laut ist.

Die Waschbetonplatten vor dem Haus waren aber immer noch da. Irgendwie hatten wir uns an sie gewöhnt. Bis vor ein paar Jahren das Familiengrab meiner Großeltern mütterlicherseits aufgelöst wurde. Ich wollte nicht, dass der Grabstein geschreddert wird, also holte ich ihn vom Friedhof ab. Im Garten hatten wir uns schon einen Ort dafür ausgeguckt. Um ihn dort hin zu bringen, fuhr ich mit dem Hoflader über die Waschbetonplatten. Ich hatte gedacht, das geht. Es ging auch. Allerdings waren die Platten jetzt lose. Von nun an war der Bereich vor unserem Haus nicht mehr nur hässlich; jetzt war er auch wacklig. Aber der Familiengrabstein hatte einen schönen Platz bekommen.

Weitere Jahre gingen ins Land und wir auf kippeligen Waschbetonplatten ums Haus. Dann, in diesem Frühjahr, ein seltsamer Zufall. Ein Kleinunternehmer wollte sich etwas bei mir ausleihen, und ich fragte ihn, ob er pflastern könne. Er sagte ja. Plötzlich wurde es konkret. Um am Ende ein einheitliches Bild zu bekommen, versuchten wir, Steine vom Typ „Plöner Altstadtpflaster" zu bekommen. Ging nicht; dieses Pflaster gibt es nicht mehr, jedenfalls nicht unter diesem Namen. Es heißt jetzt „Gutshof". Ich bestellte vierzig Quadratmeter davon. Schon am Telefon fiel mir auf, dass ich unbewusst angefangen hatte, den kleinen Finger abzuspreizen.

Wenige Tage später waren die Waschbetonplatten wech, und das Gutshofpflaster lag. Total ungewöhnlich. Zum ersten Mal hatte ich einen Handwerker beauftragt, und er war fertig, bevor ich Piep sagen konnte. Kein endloses Hinterhertelefonieren, keine Geschichten von Mitarbeitern im Urlaub, das Arbeitsamt schickt einem nur Idioten, kranken Omas und endlosen Staus auf dem Spurplattenweg zu unserem Hof.

Gutshofpflaster. Dieses Wort muss man sich auf der Zunge zergehen lassen. Gutshofpflaster. Wenn ich nun vor dem Haus stehe, fühle ich mich ganz anders. Irgendwie erhaben. Ich konnte nichts dafür, aber ich musste einfach zum Herrenausstatter fahren und mir eine Barbourjacke kaufen. Sieht scheiße aus und lässt den Regen durch, aber hey, es ist Barbour. Für mein Jackett besorgte ich mir ein seidenes Einstecktuch, und ich nahm gleich noch fünf der hässlichsten cognacfarbenen Breitcordhosen mit. Fast war ich enttäuscht, dass ich meine Kindern nicht mit zehn Jahren in irgendein Eliteinternat abgeschoben hatte. Aber dafür war es nun zu spät.

Kleine Psychologie der Kuh im Melkstand

Nicht an jedem Tag, aber an der Mehrzahl der Tage stehe ich im Melkstand und melke. Meist so zwischen vierzig und fünfzig Kühe – zumeist Schwarzbunte, zum Teil aber auch Rotbunte, Angler, Jerseys und Durcheinanderkreuzungen. Bei uns im Kuhstall ist ziemlich Multikulti. Im letzten Jahr habe ich sogar eine Zeitlang eine Charolais-Schwarzbunt-Kreuzungsstarke gemolken. Ein besonderer Farbtupfer in der Herde. Sie hatte viel Arsch und wenig Milch.

Wenn ich melke, dann oft mit meinem Lehrling oder meinem Mitarbeiter zusammen. Wenn ich allerdings am Wochenende Dienst habe, bin ich meist allein in unserem Boxenlaufstall von 1990, gebaut mit einem Darlehen der schleswig-holsteinischen Investitionsbank. Im vergangenen Frühjahr habe ich die letzte Tilgungsrate bezahlt. Zu diesem Stall gehört ein ganz einfacher Doppel-Fünfer-Fischgrätenmelkstand, ohne Abnahmeautomatik, ohne Kraftfuttergabemöglichkeit. Das bedeutet: Die Kühe kommen nicht, gierig aufs Futter, von allein in den Melkstand. Eigentlich muss ich nach jedem Durchgang raus aus der Melkergrube und einen Schwung Kühe rantreiben.

Im Laufe der Zeit lernt jeder Melker, lernt jede Melkerin die Kühe kennen, mit denen er oder sie täglich umgehen. Ähnlich wie wir Menschen haben auch Kühe ihre ganz spezifischen Eigenheiten. Keine Kuh ist wie die andere. Und schon beim aufmerksamen Kühe-vonhinten-in-den-Melkstand-Treiben offenbart sich die ganze Vielfalt der Charaktere. Ja, ich finde, man kann eine kleine Psychologie der Kuh anhand ihres Eintrittsverhaltens in einen handelsüblichen Doppel-Fünfer-Fischgrätenmelkstand erstellen.

Da gibt es zum Beispiel die zutrauliche, selbstbewusste Kuh, die es liebt, als erste im Melkstand zu stehen, direkt am Schwenkgitter, weil sie weiß, dass der Melker zwischendurch eigentlich immer mal den Melkstand verlässt. Wenn sie dann lustig mit den Ohren wackelt, bleibt der Melker kurz bei ihr stehen und krault ihr die Stelle am Hinterkopf, an die sie selbst nicht rankommt, an der das Kraulen aber so gut tut. Übrigens krault der Melker sie auch, wenn sie nicht lustig mit den Ohren wackelt. Insofern ist die kleine Psychologie der Kuh immer auch eine kleine Psychologie des Melkers.

Leider sind die Kühe, die freiwillig und gern als erste im Melkstand stehen wollen, zumindest in unserer Herde deutlich in der Minderheit. Oder sie rennen, in der Hoffnung, erste zu sein, am Anfang des Melkens los Richtung Melkstand, mit der Folge, dass die ersten zehn Kühe im Melkstand all jene sind, die gern vorne als erste stehen, um gekrault zu werden. Die Konsequenz ist, dass die restlichen dreißig bis vierzig noch ungemolkenen Kühe im Stall all jene sind, die niemals, im Leben nicht und auf gar keinen Fall als erste im Melkstand stehen wollen.

Die nun folgende Situation kennt wahrscheinlich jeder Melker: Ich treibe von hinten nach, passend zur Melkstandgröße fünf Kühe auf einmal. Fächerförmig stellen sich diese fünf Kühe vor dem Eingang zum Melkstand auf und gucken hinein. Aber keine von ihnen geht voran; denn keine von ihnen will die erste sein und am bösen Schwenkgitter stehen. Man hat ja schon viel gehört von den bösen Schwenkgittern, die jede Kuh meucheln, die ihnen zu nahe kommt. Mit aufmunternden Rufen motiviere ich nun die Kühe, von hinten kommend, endlich in den Melkstand einzutreten. Da der Erfolg ausbleibt, mische ich langsam sich steigernde unflätige Beschimpfungen der Kühe unter meine aufmunternden Rufe. Schließlich erbarmt sich eine der Kühe meiner und geht als erste in den Melkstand, unter Protest, wohlgemerkt.

Je nach Charakter der Kuh äußert sich dieser Protest unterschiedlich. Typ eins sagt: Okay, ich geh ans böse Schwenkgitter. Aber ich scheiße dafür in den Melkstand. Typ zwei sagt: Okay, ich tu so, als würde ich ans böse Schwenkgitter gehen, aber im letzten Moment überlege ich es mir anders und springe über das Schwenkgitter. Das geht zwar kaputt, aber das ist mir egal. Bevor ich springe, scheiße ich aber noch schnell in den Melkstand. Typ drei sagt: Okay, ich geh in den Melkstand, aber nicht nach vorne durch, nein, ich lasse vorne frei und stelle mich an zweiter oder dritter oder vierter oder fünfter Stelle auf. Auf alle Fälle aber scheiße ich in den Melkstand.

Dann kann ich als Melker mich also durch die Kühe drängeln, runter in den Melkstand, die Kuh an zweiter, dritter, vierter oder fünfter Stelle nach vorne durchtreiben, während die anderen sich wieder im Stall verteilen und darauf warten, erneut in Richtung des Melkstandes

getrieben zu werden. Also wieder raus aus dem Melkstand und die Kühe erneut ran holen. Diese zusätzliche
Bewegung regt die Verdauung der Kühe an. Im Melkstand angekommen, scheißen sie deshalb, aber erst,
wenn der Melker wieder in der Grube ist, damit er auch
etwas davon hat.

Wie auch immer: Während des Melkens habe ich immer viel Zeit zum Nachdenken. Über Kühe, über Menschen. Und schietig werde ich von ganz allein.

Ein wünderschiener Tag

Es war eine dieser Nächte. Nach einem – ich kann es nicht anders sagen – umjubelten Auftritt bei einem Landfrauenverein in Niedersachsen saß ich allein im kalten Auto, auf dem Weg nach Hause. Noch Minuten zuvor hatte ich mich des Eindrucks nicht erwehren können, dass einige dieser erfrischend handfesten Damen mich am liebsten mit heim genommen hätten, nach dem Motto: Okay, fett und hässlich, das kennen wir von Zuhause, aber der hier kann Nudeln mit Tomatensoße kochen! Nun aber war die Show vorbei, und ich wusste, dass die Heimfahrt hart werden würde. Eine halbe Stunde noch reichte das Adrenalin; danach würde ich noch einhundertfünfzig Kilometer gegen die Müdigkeit ankämpfen müssen, auf der Hut vor dem drohenden Sekundenschlaf. Aus Erfahrung wusste ich: Wenn ich zum ersten Mal dachte: „Nur einmal kurz die Augen zumachen!", dann war es Zeit, rechts ran zu fahren und erst einmal ein Stündchen zu pennen. Diesmal aber wollte ich eigentlich in einem Rutsch nach Hause schaffen. In der Abkalbebox stand Vera, eine schwarzbunte Starke, und ich erwartete, dass sie in der Nacht kalben würde.

Eine Dreiviertelstunde Fahrt hatte ich noch nach, da ging es nicht mehr. Auf der linken Spur überholte mich ein Rennpferd, und ich wusste, es war Zeit. Ich schlief zwei Stunden auf der Sitzbank hinten in meinem Bus. Um drei Uhr nachts kam ich zuhause an und ging gleich zur Abkalbebox. Die Starke lag auf der Seite, aufgebläht. Sie stöhnte. Die Vorderbeine und der Kopf des erstaunlich großen Kalbes waren draußen. Mehr nicht. Aber das Kalb lebte. Ab und zu blinzelte es.

Ich zog mich gar nicht erst um. In meinen guten Klamotten schlang ich einen Strick um die Vorderbeine des Kalbes und begann zu ziehen. Mit meinem ganzen Gewicht legte ich mich hinein. Stück für Stück rutschte das Kalb heraus, bis es schließlich ins Stroh fiel. Es hob den Kopf und begann zu atmen. Vera aber blieb auf der Seite liegen. Mit äußerster Mühe schaffte ich es, sie auf den Bauch zu ziehen. Mit Geblubber entwich das Gas. Dann versuchte ich, Vera hoch zu treiben. Aber sie machte keine Anstalten aufzustehen. Beckentrauma, dachte ich. Ich hoffte, dass sie es schaffen würde. Ich versorgte sie mit Wasser und Heu und zog ihr das Kalb vor die Nase. Sie leckte es ab, eifrig und interessiert. Nicht ganz hoffnungslos legte ich mich hin, um noch zwei Stunden zu schlafen.

Am nächsten Morgen fraß und soff die Starke, aber aufstehen wollte sie immer noch nicht. Ich versorgte das Kalb mit Biestmilch und rief Jurek an, meinen polnischen Tierarzt. Seit dreißig Jahren lebt er hier, aber sein Akzent ist immer noch allerliebst. Er kam und untersuchte Vera, testete unter anderem die Reflexe der Hinterhand. Da tat sich nicht viel. Er befürchtete eine Verletzung des Nervs. Dann zeigte er mir die Alternativen auf. Entweder auf der Stelle notschlachten lassen und wenigstens das Fleisch nutzen können. Oder behandeln und auf Genesung hoffen. Wenn sie dann aber nicht aufsteht, spätestens nach einigen Tagen, würde ich sie einschläfern lassen müssen. Schlachten ginge dann nicht mehr, selbst wenn die Wartezeit der eingesetzten Medikamente abgelaufen wäre; notschlachten darf man nur ein frisch verletztes, unbehandeltes Tier. Fifty-fifty, sagte Jurek. Was würdest du machen, wenn es dein Tier wäre, fragte ich ihn. Notschlachten, sagte er, ich glaube, es ist eher vierzig-sechzig.

Ich sah mir Vera an. Piepmatz, ihre Mutter, war eine meiner Lieblingskühe. Sie sahen sich sehr ähnlich, die gleichen kleinen schwarzen Flecken. Ich dachte nach: Ich hatte nur mit Muskelkraft gezogen, nicht mit dem Geburtshelfer. Dabei hatte ich nichts kaputt gemacht; dessen war ich mir sicher. Ich hoffte auf Beckentrauma wegen des großen Kalbes und darauf, dass sich das geben würde, innerhalb einiger Tage. Behandeln, hörte ich mich sagen. Okay, sagte Jurek und ging los, Medikamente holen. Als wir fertig waren, bat er mich, ihn auf dem Laufenden zu halten.

Vera fraß und soff im Liegen; per Schubkarre versorgten wir sie mit Essen auf Rädern. Am dritten Morgen stand sie in der Box. Zuerst schien sie selbst erstaunt zu sein, dass es ging. Ich hüpfte vor Freude im Stall herum. Dann griff ich zum Handy und wählte Jureks Nummer. Matthias, rief er ins Telefon, das ist eine gute Nachriecht! Das ist ein wünderschiener Tag!

Und das war es. Es ist nicht immer alles scheiße. Manchmal, so dachte ich, liege ich nicht daneben. Ab und zu entscheide sogar ich mich richtig. Und mit ein bisschen Glück wird es dann ein wünderschiener Tag.

Marken, Marken, Marken

Eigentlich glaube ich, dass mein Markenfetisch unterdurchschnittlich ausgeprägt ist. Der Beweis: Ich fahre seit neunzehn Jahren einen Landini. Einen was?, fragen die Leute immer, wenn ich das erzähle. Marken, die keiner kennt, erfüllen irgendwie die Definition von Marke nicht, oder?

Dass ich mir aus Marken nichts mache, war nicht immer so. Als Kind in der fünften Klasse musste es die Wrangler-Jeans sein, und in meiner Clique gab es Glaubenskämpfe darüber, ob Adidas oder Puma besser sei. Das war mir ziemlich egal, aber No-Name-Turnschuhe, das ging damals gar nicht. Zu der Zeit hatte ich erst ein Paar Puma, dann ein Paar Adidas. Vom Puma ging der rechte kaputt, von Adidas der linke. Einen Sommer lang trug ich dann die jeweils heilen zusammen auf. Ich fand das normal, aber ein wegen seiner Semi-Intellektualität „Professor" genannter Freund meines älteren Bruders kam zu mir und sagte, das sei „kuhl", das sei „Pank", das sei „ein mutiges Statement gegen den Markenwahn". Hä?, fragte ich.

Später, Ende der Achtziger, dealte mein Bruder eine Zeitlang mit teuren Markenklamotten, die irgendwie vom Laster gefallen waren. Er drehte mir einen Boss-Pullover an. Den fand ich hübsch, nur den Boss-Schriftzug auf dem linken Oberarm fand ich doof und schnitt ihn als erstes raus. Wo er gewesen war, blieb nur ein Loch. Von da an fand meine Mudder den Pullover schedderig, und ich liebte ihn. Viele Jahre später trug ich ihn im Stall auf. Selbst am Ende seines Daseins ist er noch nützlich – inzwischen als Öllappen in der Werkstatt.

Was Treckermarken angeht, hatte ich schon früh ein Faible für englisch klingende Marken. Auf dem Weg zu meiner Oma, quer durch den Kreis Plön, kamen wir immer an einem Hof vorbei, auf dem zwei David Brown Trecker standen. Als die mir auffielen, hatte ich gerade im ersten Jahr Englisch-Unterricht, und ich dachte: Die spinnen, die Engländer. Nennen ihre Trecker David Brown und malen sie weiß an. Können die kein Englisch? Aber ich fand sie sympathisch, die weißen Trecker. Im Schulbus habe ich mich immer gefreut, wenn ich den David Brown beim Treckerquartett-Spielen erwischt habe. Ich verlor dann zwar, aber ich verlor mit Stil. Mit einem weißen Trecker.

Noch heute werde ich tendenziell weich, wenn mir Trecker mit englisch klingenden Markennamen begegnen. Neulich brachte mir ein Freund einen Prospekt der Treckermarke „Branson" mit, und ich dachte: Das klingt cool, englisch oder amerikanisch. Sind sie aber nicht. Sie kommen aus Korea, aber die Vertriebsleute haben wohl auch gedacht, Branson klingt geiler als Kukje.

Was ich bislang nie verstehen konnte ist, warum Leute dafür bezahlen, für bestimmte Marken Werbung zu laufen. Warum zum Gammel muss auf einem hässlichen Pullover auch noch drauf stehen, dass er von Camp David ist? Reicht es nicht, dass er hässlich ist? Muss er noch besonders hässlich sein? Unverständ-

lich war mir bislang auch immer, dass man Landma-
schinen-Fan-Kleidung trägt. In jeder Vertragswerkstatt
eines x-beliebigen Traktorenherstellers gibt es inzwischen einen Modebereich, in dem man seine Fendt-,
John Deere-, Claas- oder Was-weiß-ich-T-Shirts kaufen
kann. Sogar bei Deutz-Fahr. Neulich habe ich nämlich
meinen neuesten Trecker, einen vollanalogen Deutz
mit 72 PS, zur Wartung in die Werkstatt gebracht.

Ganz ehrlich: Es gibt keine uncoolere Treckermarke
als Deutz-Fahr. Mein Mitarbeiter meint, dieser seltsame
Doppelname komme daher, dass Deutz-Fahrer, auf ihrem Trecker sitzend, immer flehentlicher Stoßgebete
gen Himmel schicken: Deutz, fahr! Deutz, fahr! Deutz,
fahr endlich! Und sogar für diese armen Kreaturen gibt
es eine Fan-Kollektion. Kleine Deutz-Fahr-Plüsch-Ku-
scheltrecker. Deutz-Fahr-Poloshirts. Deutz-Fahr-Fleece-
pullis. Deutz-Fahr-Boxershorts. Jaa, sogar Unterhosen
mit Deutz-Fahr-Schriftzug. Kein Scherz.

Als ich nun vor ein paar Tagen in die Werkstatt fahren
wollte, um den Trecker von der Wartung wieder abzuholen, rief die Liebste mir hinterher: Bringst du mir
was Schönes mit? Und das tat ich. Für sie kaufte ich
einen kleinen Plüschtrecker. Er liegt jetzt in unserem
Bett, zwischen unseren Kopfkissen. Und für mich kaufte ich zwei Dreier-Packs Deutz-Fahr-Boxershorts, in
schwarz, mit kontrastfarbenen Nähten. Sie passen aus-
gezeichnet, dank eines angemessenen Stretch-Anteils.

Zu meinem Mitarbeiter meinte ich, auf der nächsten
Farmer-Party bin ich der King. Locker würde ich den
Deutz-Fahr-Schriftzug meiner Unterhose oben aus
meiner Jeans gucken lassen und haufenweise Mädels

abschleppen.

Mein Mitarbeiter lachte nur und sagte: Das wird nix. Du wirst alleine bleiben. Und man wird dich auslachen. Junge Menschen können sehr grausam sein.

Egal. Jetzt habe ich Deutz-Fahr-Boxershorts, und stolz werde ich sie auftragen, bis sie schließlich kaputt sind. Enden aber werden sie eines Tages in der Werkstatt. Als Öllappen.

Nüker

Ein schwarzbuntes Kuhkalb namens Arno
über vier Monate alt
die ganze Zeit schon etwas mager
stand eines Abends nicht mehr auf

in der Frontladerschaufel
holten wir es von der Kälberweide und
brachten es in die dick eingestreute Krankenbox

einmal hingestellt
blieb es stehen und fraß gierig
Schrot und Silo

kein Fieber
dünne Beinchen
dicker Bauch

wir tippten auf Parasiten
und entwurmten

keine Besserung

aber einmal hingestellt
blieb es stehen und fraß gierig
Schrot und Silo

der Tierarzt kam und vermutete

ein Labmagengeschwür
fifty fifty
sagte er
mit seinem liebenswerten polnischen Akzent
einschläfern oder versuchen
volles Programm mit
Infusion
Antibiotika
und Liebe
kann aber nix versprechen
musst du wissen

volles Programm
hörte ich mich antworten
Infusion
Antibiotika
und Liebe

das dauert aber
sagte der Tierarzt noch
und ach ja
192 Tage Wartezeit auf Fleisch
das macht bei Vermarktung
mit Hinweis auf ökologische Landwirtschaft
384 Tage
nur dass du Bescheid weißt

okay
sagte ich
das ist lang
aber was ist schon ein Jahr

über Wochen stellten wir das Kalb
nun liebevoll norddeutsch Nüker genannt
täglich zweimal hin

einmal hingestellt
blieb es stehen und fraß gierig
Schrot und Silo

nach einundzwanzig Tagen
stand Nüker
zum ersten Mal wieder von alleine auf
und meine Mitarbeiter und ich
stießen mit einem Bier darauf an

immer noch dünne Beinchen
immer noch dicker Bauch

aber Nüker wächst
wenn auch langsam

wenn andere Kälber frohwüchsig sind
ist Nüker traurigwüchsig

egal

jetzt bleibt es da
jetzt geht es weiter
jetzt gehört es dazu

Nüker, nochmal

All die Infusionen
all die Antibiotika
all die Liebe
haben nichts genützt

Nüker wurde wieder krank

es machte einfach keinen Sinn und
ich traf die Entscheidung
Nüker einschläfern zu lassen

so etwas kommt auf einem Bauernhof
immer mal wieder vor
aber diesmal tat es besonders weh

Nüker war mir
war uns
mit seinem zähen Überlebenswillen
an die Herzen gewachsen

es hat einfach nicht gelangt

nachdem der Tierarzt
schweigsam und routiniert
die Spritze gesetzt hatte
starb Nüker
schnell und still
in meinen Armen

ein trauriger Tag

Nachtgedanken auf der Autobahn

Stockfinstere Nacht. Ich saß im Auto; nach einem Erzählauftritt bei einem Landfrauenverein im Süden Niedersachsens hatte ich, milde euphorisiert, noch rund drei Stunden Autobahnfahrt vor mir. Im Deutschlandfunk lief „Das war der Tag", als mir auffiel, dass der Himmel voraus sich leuchtend orange verfärbte. Heller und heller wurde es, bis ich plötzlich erkennen konnte, dass wenige hundert Meter neben der Autobahn ein Bauernhof brannte. Und obwohl ich eigentlich der Reportage im Radio zuhörte, sang ich unbewusst ein paar Zeilen eines Reisesongs von Joni Mitchell: We saw a farmhouse burning down, in the middle of nowhere, in the middle of the night, we rolled right past that tragedy. Schon war ich dran vorbei, und das orangefarbene Leuchten erschien im Rückspiegel. Wunderschön, eigentlich, nur das Bild, wenn man die Geschichte dahinter nicht kennt, aber ich stellte mir vor, was dort gerade geschah, auf dem Hof, das Gewusel der Feuerwehr, die Schläuche, das Durcheinandergerufe, panisch herumlaufende Rinder, quiekende Schweine und die Bauernfamilie, verzweifelt versuchend, zu retten, was zu retten ist, bis es nicht mehr geht, und dann stehen sie da, halten sich aneinander fest und weinen, wissend, dass von nun an nichts mehr so ist, wie es war, und der Nerv mit den Brandursachenermittlern der Kripo und den Windungsversuchen der Versicherung wird morgen erst beginnen.

Und wieder dachte ich an den November 1989. Ich war auf dem Rückweg von einer Bauerntagung in Westfalen; unterwegs waren die Autobahnen voll mit Trabis gewesen, und als ich am späten Sonntagabend heimfuhr, sah ich dieses orangefarbene Licht über unserem Hof. In atemlosen Schrecken kam ich näher und begriff irgendwann, dass nicht unser Hof brannte, sondern der des Nachbarn, gleiche Richtung, einen halben Kilometer weiter. Kaum daheim, zog ich mir Stallklamotten an und fuhr mit dem Rad hin. Die Feuerwehr war schon im Einsatz; der Bürgermeister hatte schon das Bier gebracht und der Schlachter die Knackwurst, und während die Feuerwehr den einen Stall zu löschen versuchte, half ich unserem Nachbarn im Stall nebenan beim Melken der Kühe. Gemolken wird immer.

Und Carsten und sein Sohn Till fielen mir ein. Es war ein klarer Abend im Frühjahr, und abends beim Tränken der Kälber sah ich eine schwarze Rauchwolke am Horizont. Oha, was brennt da denn, dachte ich mir. Später kontrollierte ich meine Jungviehweide und stellte fest, dass ein Tier draußen war und verbotenerweise genüsslich vom konventionellen Weizen des Nachbarn naschte. Ich wollte gerade meinen Sohn Peer anrufen, er möge mir helfen, die Starke einzufangen, da klingelte mein Telefon. Peer war dran. „Till hat gerade angerufen. Er hat total geweint. Deren Hof brennt." Scheiße, sagte ich, aber komm mal und hilf mir, die rote Starke einzufangen. Und während ich eine halbe Stunde später auf meiner Koppel stand und den Viehzaun reparierte, rief Carsten an. „Maddi, weißt du jemanden, der einen Weidemelkstand hat? Oder kennst du einen Viehhändler, der morgen meine Kühe fahren kann? Ich brenn gerade ab." Carsten stand vor seinem brennenden Bauernhaus; im Hintergrund hörte ich das Durcheinander der Löscharbeiten, aber Carsten, der mehr als die meisten anderen für seinen Hof lebt, war schon voll dabei, nach vorne zu gucken und die Zukunft zu organisieren. Nicht eine Sekunde, so schien es, hatte er überlegt, alles hinzuschmeißen und aufzuhören, nicht eine Sekunde. Er würde weitermachen, sich den Staub von der Jacke klopfen und alles wieder aufbauen. Das imponierte mir.

Plötzlich stockte er. Was ist los, fragte ich. „Meine Schwalben", sagte er, „meine Schwalben fliegen hier wie wild rum und suchen ihre Nester. Aber die Nester sind nicht mehr da. Die armen Schwalben." Und noch während er das sagte, wusste ich, dass ich niemals vergessen würde, dass Carsten, vor seinem brennenden Kuhstall stehend, Mitleid empfand für seine Schwalben, die ihre Brut verloren hatten. Die armen Schwalben.

Inzwischen hat Carsten seinen Kuhstall wieder aufgebaut. Die Kühe, für einen Sommer ausgelagert zu einem Kollegen, der flexibel und großherzig genug war, um eine zweite Herde bei sich aufzunehmen, sind zurück. Es war gewiss nicht einfach, in der Zwischenzeit. Aber nichts im Leben ist einfach. Trotzdem: Es geht weiter. Es geht immer weiter, irgendwie.

Mit diesen tröstenden Gedanken im Kopf fuhr ich nun durch die stockfinstere Nacht. Zweieinhalb Stunden noch, dann würde ich zuhause sein. Und mir wurde warm ums Herz.

Scheine in Kuverts

1962 heirateten, bewirtschafteten sie elf Hektar, hatten sechs Kühe und wohnten in einem alten, absolut baufälligen Bauernhaus. Drei Jahre später übernahmen sie in zwei Kilometer Entfernung den Hof Wittmaaßen, auf Leibrente. Sie mussten 30 Riesen auf den Tisch legen und der Altbäuerin bis zu ihrem Tod eine Rente zahlen. Unnötig zu erwähnen, dass diese quasi ewig lebte.

Als meine Eltern im Mai 1965 dann nach Wittmaaßen zogen, kamen sie in ein über Jahre vernachlässigtes Haus. Immer wieder erzählte meine Mutter, dass sie als erstes die Küche lüften wollte. Sie öffnete das Fenster, das daraufhin aus dem Rahmen fiel und im Hühnerhof zerschellte. Nun waren zusammen mit dem Ursprungshof 43 Hektar zu bewirtschaften, und meine Eltern waren jung und verschuldet und ebenso fleißig wie sparsam. Es wurden Kühe gemolken und Bullen und Schweine gemästet. In jeder Ecke unter Dach waren irgendwelche Viechereien zu versorgen. Als der benachbarte Gutshof seine Milchviehhaltung aufgab, pachteten meine Eltern das Grünland im Depenauer Moor, und der Hof wuchs und wuchs. Am Ende gehörten fast hundert Hektar dazu, und während Mudder Haus und Hof versorgte, engagierte Vadder sich auch noch tatkräftig für das dörfliche Gemeinwesen: in der Feuerwehr, in der CDU, im Gemeinderat, im Reitverein. Bei allem Einsatz zugunsten der Allgemeinheit gab es allerdings eine goldene Regel. Sie lautete: Zahle, wenn möglich, niemals Einkommenssteuern.

Unser Hof ist erst sehr spät buchführungspflichtig geworden. Irgendwie hatte das Finanzamt nicht recht mitgekriegt, dass meine Eltern nun einen größeren Betrieb bewirtschafteten, und zur Einkommenssteuerveranlagung wurden die Einkünfte jahrelang aufgrund der alten Daten geschätzt. Durchaus bauernschlau betrieben meine Eltern daraufhin in den sechziger und siebziger Jahren eine komplett schwarze Schweinehaltung. Sie kauften schwarz Ferkel und Schweineschrot und verkauften schwarz die fertig gemästeten Schweine. Niemals habe ich mich als Kind gewundert, warum der unglaublich korpulente Boss des Futtermittelwerks immer persönlich bei meinen Eltern zum Kaffee kam. Im Gegenteil: Ich glaubte, bei Bauernfamilien Kaffee und Kuchen zu verschlingen, sei die Hauptbeschäftigung von Futtermittelwerksbossen. Wie sonst sollte man so außerordentlich dick werden? Wegen meiner guten Schulnoten gab er mir oft jovial lächelnd einen losen Zwanzigmarkschein aus der linken Innentasche seines Jacketts, nachdem er einen kurzen Blick auf mein letztes Zeugnis geworfen hatte. In der anderen Innentasche steckte da wahrscheinlich schon das dicke Kuvert mit kleinen, nicht nummerierten Scheinen, das es zusätzlich zum Kaffee gab.

Vor dem Finanzamt waren meine Eltern bettelarm, aber sie hatten die Taschen voller Geld. Und sie lebten weiterhin das Leben armer Bauern. VW Käfer, niemals Urlaub, und investiert wurde in bar. Das ging so, bis Mudders Bruder 1982 starb. Mudder erbte seinen Hof, das Finanzamt verlangte von nun an eine Buchführung, und der Chef des Futtermittelwerks erlag einem Herzinfarkt. Die Zeit der schwarzen Schweine war ebenso vorbei wie die Zeit der schwarzen Scheine. 1983 schließlich gaben meine Eltern die Schweinehaltung auf. Ich glaube, dass sie sich insgeheim freuten, dass es ohne Schrecken zu Ende gegangen war. Die langen Jahre harter Arbeit hatten sie müde und kaputt gemacht.

1990 bauten sie den Boxenlaufstall, in dem ich noch heute meine Kühe halte. Nach dem Erwerb des Hofes war das die erste Investition, für die sie einen Kredit aufnahmen. 1995 bauten sie schließlich ihr Altenteil auf dem Ursprungshof, genau dort, wo das alte Bauernhaus gestanden hatte, in dem Vadder geboren war. Am Ende wollte er dort sein, wo alles begonnen hatte. Bezahlt wurde das neue Haus zum Teil vom laufenden Konto, zum Teil in bar. Das war der Rest vom Schützenfest, und das Schwarzgeld war alle.

Ich will das gar nicht schönreden oder romantisieren. Meine Eltern haben über die Jahre Tausende, wahrscheinlich Zehntausende von Mark an Steuern hinterzogen. Wenn ich nicht wüsste, dass es auf vielen anderen Höfen genauso oder womöglich noch krasser gelaufen ist, würde ich das vielleicht kritischer sehen als ohnehin schon, aber eines ist auch klar: Für Vadder und Mudder war das der Weg aus der Armut. Sie wollten niemandem schaden. Sie wollten nur ein besseres Leben für sich und vor allem für ihre Kinder. Sie selber hatten am Ende so gut wie nichts davon. Außer dem Gefühl, es trotz allem irgendwie geschafft zu haben.

Als ich 1998 den so gut wie schuldenfreien Hof

übernahm und die Liebste und ich mit unseren Kindern auf den Hof zogen, hatten wir vorgeschlagen, die ganzen alten Schränke mit alten Klamotten unbesehen zu entsorgen, aber Mudder bestand darauf, den ganzen Krempel in Säcke zu verpacken und auf dem Dachboden des Altenteils zu lagern. Bevor man irgend etwas wegschmeiße, müsse man das alles noch mal durchgucken. Tatsächlich fand Mudder einige Wochen später in einem alten Jackett meines Vadders einen Umschlag mit 7000 Mark. Der war einfach vergessen worden.

Jetzt sind meine Eltern seit Jahren tot, und das Altenteil ist zur Zeit vermietet. Ihre letzten Habseligkeiten lagern bei uns in der Rumpelkammer. Natürlich muss das alles durchgeguckt werden. Bisher fand ich drei einzelne Zwanzigmarkscheine in alten Jacketts meines Vadders, und ich stelle mir vor, dass sie vom Boss des Futtermittelwerks sind. Für mich. Für meine guten Schulnoten.

Trecker fahren

Niemals werde ich diesen Abend im Frühjahr 1984 vergessen. Ich war sechzehn Jahre alt. Am Morgen zuvor hatte ich endlich meinen Führerschein 1b bestanden und erhalten; ich war bereit, die Straßen des Kreises Plön mit meiner Zündapp zu erobern. Das einzige Problem: Ich hatte noch keine Zündapp. Sie war bestellt, aber noch nicht geliefert.

Mein Führerschein 1b berechtigte allerdings auch zum Fahren von Traktoren. Als der Abend kam, fragte ich meinen Vadder, ob ich den Fendt nehmen könne. Für eine Spritztour nach Nettelau, zu meinem Freund Siggi. Und Vadder sagte ja.

Der Schlüssel steckte. Ich ließ den Motor an. Dieses typische Brummen. Und dann fuhr ich los. Es war ein klarer, frischer Frühlingsabend. Die Sonne versank langsam rötlich hinter dem Waldstück am Krummdiek und tauchte alles in ein weiches Licht. Als ich auf die B404 fuhr, konnte ich am Horizont den Kieler Fernsehturm sehen. Die Welt stand mir offen. Ich war frei. Ich hätte nicht nach Nettelau abbiegen müssen. Ohne weiteres hätte ich Gas geben und nach Kiel fahren können. In die Großstadt. Na ja, jedenfalls die größte, die wir haben, hier in Schleswig-Holstein.

Ich bog ab nach Nettelau und fühlte mich wie ein König, als ich bei Siggi den Trecker geparkt hatte. Die Treppe zum Fahrersitz kam mir endlos vor; dabei hatte sie gerade mal drei Stufen. Und noch heute fühle ich die Wärme von Maikes Hand auf meiner Schulter, Wochen später, als ich sie mit dem Fendt nach Hause fuhr, weil es so heftig regnete. Ich wünschte, Wankendorf wäre dreihundert Kilometer weg gewesen. Und nicht bloß drei.

Das alles ist über fünfunddreißig Jahre her. Bis nach Kiel bin ich nicht gekommen, aber in Nettelau habe ich Land gepachtet. Noch immer sehe ich an klaren Tagen den Kieler Fernsehturm vor mir. Und biege doch links ab. Nettelau. Vadder lebt nicht mehr; auch Mudder ist tot. Siggi lebt in Kiel. Und die Liebste und ich kennen uns seit zweiunddreißig Jahren. Seit dreißig Jahren sind wir verheiratet. Wir haben fünf Kinder, und Jon, der jüngste, ist nun auch schon zwanzig.

Den Autoführerschein hatte er schon kurz nach seinem siebzehnten Geburtstag gemacht. BF 17, begleitetes Fahren. Das ist nicht einfach, als Begleitperson. Denn in der Fahrschule fahren sie einen Golf, aber unser Familienauto ist ein Ford Transit. Der ist ordentlich was breiter als ein Golf. Und dann sitzt man als Begleitperson auf dem Beifahrersitz, zum Glück hinter seinem Airbag, hält sich krampfhaft am Panikgriff über der Tür fest, wie meine Oma früher immer im Auto, und denkt die ganze Zeit: Das passt nicht!

Während wir daneben saßen, hat Jon keine Beule rein gefahren. Wie seine großen Geschwister hat er damit gewartet, bis er achtzehn war und allein unterwegs. Alle haben sie ihr Zeichen hinterlassen, an dem Transit, und schon heute tut es mir weh, wenn ich dran denke, dass ich mal von ihm werde trennen müssen. Unglücklicherweise neige ich zur Sentimentalität, was meine Beziehungen zu Autos und Treckern angeht.

Jons erste Liebe heißt Alexa. Als Jon noch bei uns auf dem Hof wohnte, hat sie ihn oft besucht. Sie kam dann in der Regel mit dem Bus von Neumünster nach Wankendorf. Als Jon noch nicht achtzehn war, haben die Liebste oder ich sie öfter von dort abgeholt. Aber einmal waren wir beide nicht zuhause. Am Telefon sagte ich zu Jon, er solle den kleinen Deutz nehmen, den dürfe er doch fahren, mit BF 17. In der Ernte hatte er mit dem auch schon Rundballen zusammengestellt. Und während ich unterwegs war, auf dem Weg zu einem Auftritt, dachte ich an meine ersten Touren mit dem Trecker zurück. Und an Maike neben mir, ihre Hand auf meiner Schulter.

Der kleine Deutz hat nicht einmal einen Beifahrersitz. Nur einen Getränkehalter, auf dem man notfalls sitzen kann. Lächelnd stellte ich mir vor, wie Alexa neben Jon saß, ihre Hand auf seiner Schulter.

Wie ich später erfuhr, wurden die beiden in Höhe der Wankendorfer Kirche von der Polizei angehalten. Jon hatte nicht drauf geachtet, dass die Unterlenker des Deutz ganz unten waren. Sie schleiften über den Asphalt und schlugen zwei Schwänze aus Funken hinter sich her. Ganz ehrlich: Wie cool ist das denn?!

Die erste Treckertour mit der Freundin, und dann gleich das volle Programm! Mit exklusiver Lightshow und Ärger mit den Bullen! Respekt!

Welger AP 630

1984 muss für meine Eltern ein gutes Jahr gewesen sein, denn 1985 haben sie groß in Maschinen investiert. Sie haben – bis sie 1990 einen Kuhstall bauten – nichts auf Kredit finanziert. Vadder hat immer bar bezahlt, so auch im Frühjahr 1985. Ein Fendt Favorit 611 LSA und eine Welger AP630 Hochdruckballenpresse mit P23 Ballenschleuder, elektrisch schwenkbar, damals State of the Art, was Hochdruckballenpressen anbetraf. Das Ding war damals richtig teuer, ich glaube, Vadder hat über 30 Riesen dafür hingelegt, nagelneu, frisch aus Wolfenbüttel war dieses rote Geschoss auf unseren Hof gebracht worden.

Vadder war ein absoluter Profi, was den Umgang mit dem Fendt und der Welger anging. Da saß er, schwarz vom Staub, halb schräg, den Blick nach hinten gerichtet, immer darauf achtend, wohin die Schleuder den Ballen warf. Er hatte es drauf, die Ballen zielgenau auf dem Anhänger zu platzieren. Hätte es nicht nur im Pflügen, sondern auch im Hochdruckballenpressen Weltmeisterschaften gegeben: Mein Vadder wäre der Champion gewesen, keine Frage.

Solange Vadder irgendwie auf den Trecker raufkam, hat er das Pressen übernommen. Bis er 75 war. Beim letzten Heufahren war er abends so steif, dass er nicht mehr vom Trecker runter kam. Zu viert mussten wir ihn runter heben. Das war der Augenblick, in dem uns beiden klar war: Er musste das Pressen an mich übergeben. Sozusagen der letzte Rest der Hofübergabe. Die hatte eigentlich bereits elf Jahre zuvor stattgefunden. Am nächsten Vormittag trafen wir uns, und er erklärte mir die Presse. Ich kam mir vor wie zu Lehrlingszeiten; zuletzt hatte ich mich in meiner praktischen Gesellenprüfung mit einer Hochdruckballenpresse befasst. Als Lehrling auf einem Biobetrieb war ich fest davon ausgegangen, eine Giftspritze auslitern zu müssen. Stattdessen musste ich auf Grünland Dünger streuen (auf gut Plattdeutsch: Schiet seien) und bei einer Hochdruckballenpresse das Garn einfädeln. Zum Glück waren alle Mitglieder meiner Prüfungskommision alt, fett und ungelenkig gewesen. Sie standen um die Presse herum, während ich alleine auf dem Rücken unter ihr lag und erklärte, was ich meinte, machen zu müssen. Man glaubte mir; dabei hatte ich, ehrlich gesagt, keinen Plan. Nun, einundzwanzig Jahre später, legte ich mich gemeinsam mit Vadder unter die Presse, und er zeigte mir das Einfädeln des Garns. Wir hatten beide Tränen in den Augen, und das lag nicht am Staub allein.

Seitdem bin ich fürs Pressen auf unserem Hof zuständig. Noch immer mit dem Fendt Favorit 611 LSA (inzwischen gut 18.000 Betriebsstunden) und der Welger AP630. Ich bin darin nicht halb so gut wie Vadder, aber Vadder ist seit sieben Jahren tot. Er kommt nicht mehr zum Pressen. Also muss ich ran, und nach wie vor fasziniert mich diese tolle Technik. Eine Maschine, die gleichzeitig zwei Knoten macht. Ohne Elektronik. Hammer!

Im vorletzten Jahr beim Strohfahren dachte ich, die Welger sei kaputt. Ein Drittel der Ballen war lose, und ich wusste nicht warum. Ebenso verzweifelt wie mein Mitarbeiter, der beim Abladen fluchend im losen Stroh auf dem Anhänger versank, hörte ich zu pressen auf und fragte meinen Nachbarn, ob er mit seiner Presse den letzten Rest machen könne. Er konnte. Ich stellte die Welger weg, um sie über Winter reparieren zu lassen.

Alle Bäuerinnen und Bauern wissen, wie das ist. Das nächste Jahr, die nächste Strohernte kam, und die Welger wartete immer noch auf die Reparatur. Ich fragte den Nachbarn. Er sagte, er könne mir diesmal nicht helfen. Also holte ich die Welger raus. Ich erinnerte mich daran, was Vadder gesagt hatte: Bien Knoter mutt dat sauber ween. Dat Kaff mutt rut; av un to muttst du dat frie pusten, mit den Kompressor!

Und so machte ich es. Voller Zweifel und Hoffnung fuhr ich zum Feld und presste. Nicht ein einziger loser Ballen. Die Welger schnurrte wie ein Kätzchen, und ein Ballen nach dem anderen flog durch die flirrende Hitze auf den Anhänger. Manchmal, wenn es bergab ging, sah ich beim Blick nach hinten für die Dauer eines Wimpernschlags einen fliegenden Strohballen auf seinem Weg in den Gitterwagen vor dem leuchtenden Blau des Himmels, und das, was ich fühlte, war ganz einfach: Glück.

Wer hält sich hier wen?

Es war ein seltener Moment der Ruhe. Es war im Frühsommer des vergangenen Jahres; wir waren gerade dabei, die Kleegrasflächen für den zweiten Schnitt zu mähen. Am späten Abend, im Zwielicht der beginnenden Nacht, standen mein Sohn Peer und ich auf unserem Hof und tranken ein Feierabendbier. Unwillkürlich wanderten unsere Blicke Richtung Norden, Richtung Kiel. Hinter unserem Berg erleuchtete die schon untergegangene Sonne den Himmel, und davor sahen wir die Silhouetten unserer Milchkühe, die langsam in die Nacht hinein weideten, entspannt und ruhig. Dieser Anblick rührt mich oft zu Tränen, und Peer sagte: Bei Kühen auf der Weide habe ich nie das Gefühl, dass sie gefangen sind. Für mich scheint es so, als seien sie frei. Wir stießen unsere Buddeln gegeneinander und guckten schweigend weiter unseren Kühen zu.

Als ich einige Wochen später – inzwischen war es Herbst geworden – am frühen Morgen über unseren Berg ging, um die Kühe zu holen, hatte ich das deutliche Gefühl, vollkommen wach zu sein, mit offenen Poren für alles in der Welt. Ich atmete tief durch und saugte die Energie des beginnenden Tages in meine Lungen hinein. Glück, dachte ich, das ist Glück, und fand die Kühe liegend hinter der letzten Kuppe. Ach nö, dachten sie, nicht schon wieder melken, und langsam, ganz langsam standen sie auf, eine nach der anderen, streckten sich, schissen erst mal. Wie immer fiel ihnen dann sofort auf, dass sie ja gerade gelegen hatten, nicht gefressen, voll den Hunger hatten sie, und das leckere, taufeuchte Kleegras direkt vor ihren Nasen. Also fingen sie an zu fressen, nicht eine nach der anderen, nein, alle auf einmal.

In diesem Augenblick wusste ich: Das Kühe holen wird heute wieder lange dauern. Denn während ich die Kuh links Richtung Stall trieb, blieb die Kuh rechts stehen, um zu fressen, und während ich die Kuh rechts trieb, blieb die Kuh links stehen, um zu fressen. Und das nicht mit zwei Kühen, nein, es waren achtundvierzig. Halb genervt, halb amüsiert stellte ich mich auf eine lange Reise Richtung Melkstand ein. Und dann, hellwach, machte ich eine seltsame Entdeckung. Mit einem Mal wurde mir klar, dass meine Kühe schneller denken als ich.

Denn noch während ich die Kuh links trieb, einige Zehntelsekunden, bevor ich mich der Kuh rechts zuwandte, blieb die Kuh links stehen, um zu fressen. Sie wusste offensichtlich vor mir, was ich als nächstes tun würde. Nun trieb ich die Kuh rechts, sie genau beobachtend. Das gleiche Ergebnis. Sie blieb stehen und senkte den Kopf, einen Wimpernschlag, bevor ich mich von ihr abzuwenden gedachte.

Das ist der Beweis, dachte ich. Meine Kühe sind schlauer als ich. Zumindest denken sie schneller. Vielleicht, so fiel es mir ein, bin es nicht ich, der die Kühe hält. Vielleicht halten die Kühe mich, als Arbeitskraft, als Wunscherfüller, und sie tun es so dermaßen subtil, dass ich es erst jetzt, nach einundzwanzig Jahren als Bauer, zu bemerken beginne.

Ich trieb weiter Richtung Stall, mal diese Kuh, mal jene. Immer die gleiche Beobachtung. Übers taunasse Gras schreitend, dachte ich: Eigentlich ist es ohnehin egal, ob ich sie halte oder sie mich. Gemolken wird immer. Und solange ich ab und zu mal raus kann, für eine Woche, nach Schweden vielleicht, gemeinsam mit der Liebsten, um im Vorbeifahren andere Kühe anzusehen, auf anderen Weiden, die sich andere Bäuerinnen und Bauern halten, solange soll es mir recht sein.

Lächelnd schloss ich das Gatter hinter der letzten Kuh. Lächelnd stellte ich die Melkmaschine an. Lächelnd ließ ich die ersten zehn Kühe in den Melkstand. Lächelnd nahm ich das erste Melkzeug in die Hand. Einen Augenblick, bevor der Zitzenbecher das Euter berührte, begann die Milch zu fließen. „Zärtlich" war das Wort, das ich dachte, während die Kuh anfing, mit größter Selbstverständlichkeit wiederzukäuen.

Hofführung

Ein Samstagnachmittag im Juni

seit langem schon war
mit dem Kreisverband des BUND
eine öffentliche Führung
über meinen Hof abgemacht

noch wenige Tage zuvor
war unklar gewesen
ob sie stattfinden könne

doch dann endete der aktuelle Lockdown
und Veranstaltungen im Freien
waren wieder möglich

die Zeitung brachte einen Hinweis
das Wetter war gut
die Leute euphorisch

wir dürfen wieder raus
egal
was los ist
wir gehen hin

über fünfzig Leute kamen
und es gab nicht einmal etwas umsonst

wie immer
ging ich vorweg
zur Weide der Milchkühe
auf dem Hügel hinterm Hof

wir sagen Berg dazu

auf dem Gipfel
mit Blick übers Moor
blieb ich stehen
und erzählte über unseren Hof

über fünfzig Leute
standen im Kreis um mich herum
hörten zu und
genossen die Aussicht
und den Wind um die Ohren

neugierig wie immer
kamen die Kühe

solch eine große Gruppe von Zweibeinern
hatten sie auf ihrer Weide
auch noch nicht gesehen

da mussten sie erstmal gucken gehen

so geschah es
dass sich außen um den Kreis der Leute
langsam ein Kreis von Kühen bildete

fast schien es
als hörten mir nun auch die Kühe zu
aber eigentlich
wollten sie nur an den fremden Zweibeinern
riechen und lecken

es war ein besonderer Moment

die Leute wurden ganz still und ruhig und
ließen sich beschnuppern

viele von ihnen waren Kühen
noch nie so nah gekommen
ohne ein Gatter oder
einen Zaun oder
zumindest eine Litze
zwischen sich und der Kreatur

all das Gesabbel an diesem Nachmittag
war gewiss nicht schlecht

aber die Kühe
berührten die Menschen dort
wo Sprache nicht wirkt

jetzt habe ich es endlich verstanden

sagte später eine Frau zu mir
mit Tränen in den Augen

und ich dachte
vielleicht sollte ich
die nächste Hofführung
ganz allein den Kühen überlassen

Weideabtrieb

Es sind diese Tage im späten Herbst. Die Milchkühe sind schon seit einiger Zeit im Stall, weil das noch vorhandene Gras draußen nicht mehr zum Milchgeben reicht. Dunkel und trüb ist es, aber noch mild, mild genug, um das Aufstallen auch der letzten Jungtiere und Trockensteher noch etwas hinaus zu zögern. Teilweise füttere ich auf der Weide zu und freue mich über jeden Tag, den ich so herausholen kann. Schließlich weiß ich, dass so ein Winter verflucht lang sein kann mit seinem täglichen Gefüttere, Gemiste und Eingestreue. Bilde ich es mir nur ein, oder gucken die Tiere mich tatsächlich traurig an, mit flehenden Blicken, wenn ich schon wieder mit einem Extensiv-Heu-Rundballen aufs Feld gefahren komme, um ihn in die große Rundraufe zu schmeißen? Irgendwann aber ist es soweit. Plötzlich weiß ich, es ist vorbei, spanne den Viehwagen an, und innerhalb eines Tages holen meine Mitarbeiter und ich die Tiere von allen Weiden zusammen zum Hof, und der Winter beginnt.

Ich erinnere mich an einen Spätherbst – etliche Jahre ist das her, meine Eltern bewirtschafteten noch den Hof – da holten wir die letzten acht Jungtiere nicht mit dem Anhänger, sondern zu Fuß von der Weide. Ich weiß nicht mehr, warum das so war, aber ich erinnere mich genau an diesen Tag. Es war neblig und windstill; über unseren Köpfen sirrten unsichtbar die Drähte der Hochspannungsleitung durchs Moor. Wir waren zu

viert, mein Vadder – damals noch ganz gut zu Fuß –
mein Bruder Udo, was ungewöhnlich war, schließlich
war er Bänker in der Stadt und nicht besonders kuhaf-
fin, Hermann Wendt und ich. Hermann hatte als junger Mann Landwirtschaft gelernt und auch später, als
er längst in einem anderen Beruf arbeitete, immer und
überall auf den Höfen im Dorf stundenweise oder als
Urlaubsvertretung geholfen. Von ihm habe ich eine der
unvergesslichen Grundwahrheiten des Treibens von
Kühen gelernt: Die Kuh läuft immer dahin, wo der Kopf
hinzeigt.

Von unserem Hof aus gingen wir zu Fuß zur Weide
ins Moor und öffneten an zwei, drei Stellen die Zäune,
um auf dem Rückweg das Vieh dort hindurch zu leiten.
Vadder trug einen halb gefüllten Eimer mit Kuhschrot;
wir anderen hatten alle einen Weidestab zur Hand. Im
Moor, an der Weide angekommen, rief Vadder zunächst
die Tiere: Komm Oische Oische komm, komm Oische
Oische komm! Und wenig später tauchten sie aus dem
Nebel auf, neugierig und mit diesen traurigen Spät-
herbstaugen. Vadder öffnete das Torloch, gab mir den
Schroteimer und sagte: Gah du vörwech. Un laat di nich
överholen vun de Tieren.

Und ich ging los. Ungeduldig und zielstrebig folgten
mir die Tiere; das war ein gutes Gefühl, plötzlich Leittier
zu sein. Udo und Hermann flankierten uns an der Seite und passten auf, dass keines der Tiere falsch abbog,
und Vadder kam hinterher, lächelnd, nun mit meinem
Weidestab in der Hand. Es war erstaunlich, wie gut
das klappte. In Hörweite rauschte die Autobahn, und
damals gab es dort noch keinen Wildzaun, aber nicht

einen Augenblick lang fürchtete ich, die Tiere könnten ausreißen. Nur einmal lief eine Starke an einer Zaunöffnung vorbei, aber Hermann und Udo lotsten sie in Nullkommanix zurück zu den anderen.

Schon waren wir auf unserer Hofkoppel; Vadder schloss den Zaun wieder. Nun mussten die Starken nur noch in den bereits eingestreuten Stall. Darin hatten wir das Licht brennen lassen. In der nun beginnenden Dämmerung sah er sehr verlockend aus, nicht nur für mich, auch für die Tiere. Er leuchtete beinahe golden. Auf den letzten Metern vor dem Stall ließ ich mich überholen, und die Starken sprangen hinein und tobten und tanzten und kackten voller Begeisterung. Endlich, endlich wieder Einstreu zum Reinkacken – wie lange hatten sie das vermisst, wie lange hatten sie darauf warten müssen! Vadder schloss die Stalltür hinter ihnen, während Udo und ich schon Heu verteilten. Dann standen wir vier Männer einen Moment lang schweigend auf dem Futtertisch und lauschten den knurpsenden Kiefern der Jungtiere. Dampfend standen sie nun im Licht der Neonröhren; offensichtlich ging es ihnen gut. Irgendwie guckten sie nun auch wieder anders; der traurige Blick war weg.

Nu laat uns mol rin gahn; Thea hett bestimmt Kaffe ferdich, sagte Vadder. Tatsächlich hatte sie sogar gebacken. Und während meine Eltern mit Hermann den neuesten Dorfklatsch austauschten, stopften Udo und ich Mudders berühmten Blätterteigkuchen in uns rein. Ich weiß noch genau, wie es damals roch, in unserer Küche. Ich fühlte mich pudelwohl, und das Generve

mit dem täglichen Gefüttere, Gemiste und Eingestreue,
den ganzen Winter lang, würde erst morgen anfangen.

Nachts, im Taxi

Es ist einige Jahre her; es war im Spätsommer. In Würzburg sollte eine Agrarministerkonferenz stattfinden, und der BDM vor Ort organisierte allerlei Aktionen rund um dieses Ministertreffen. Einige Wochen zuvor hatte ein fränkischer Milchbauernkollege mich angerufen und gefragt, ob ich abends im Bäuerinnen- und Bauerncamp nicht ein paar meiner Geschichten erzählen könne. Leichtsinnig, wie ich war, hatte ich zugesagt. Als der Termin näher rückte, wurde hier im Norden das Wetter gut, und wir fingen an, für den dritten Schnitt zu mähen. Irgendwie hoffte ich, der fränkische Bauer würde mich vergessen, aber am Abend vor meinem geplanten Auftritt rief er mich an und fragte, wann ich denn in Würzburg eintreffen würde. „Eigentlich...", so begann ich meine Absage wegen Ernte und so, doch dann fand ich selbst, das könne ich jetzt nicht machen. Also sagte ich, ich würde fix eine Zugverbindung raussuchen und mich dann noch einmal melden. Das Mähen war so gut wie fertig, das Kehren konnte mein Mitarbeiter machen, und zum Schwaden und Pressen wollte ich wieder zuhause sein. Also nachmittags los, abends auftreten, nachts zurück, morgens wieder auf der Farm. So war der Plan, und die Zugverbindungen der Deutschen Bahn gaben das her. Ich konnte um kurz vor zwei in Hamburg sein, und dann führe noch eine Regionalbahn Richtung Lübeck bis zu meinem Lieblingsbahnhof Kupfermühle, an dem ich oft mein Auto stehen lasse, wenn ich mit dem Zug durch Deutschland reise. Ich rief in Franken an: Okay, geht los, ich komme.

In Würzburg war es großartig. So ein buntes Camp, so ein kreativer Protest, kein dumpfes Gemecker; die Bäuerinnen und Bauern hier hatten etwas zu sagen. Ich kam pünktlich zum Feierabend; man traf sich in einem Zelt zum Essen und Trinken, und da stand ich nun, hunderte von Kilometern von zuhause weg, und erzählte meine Geschichten. Wie immer bei bäuerlichem Publikum machte es Riesenspaß. Ob jung, ob alt, ob Frau, ob Mann, Lehrling oder Chef, aufmerksam hingen sie an meinen Lippen, lauschten, lächelten, lachten und weinten, alles zu seiner Zeit, und manchmal antizipierten sie Pointen, weil sie genau wussten, was passieren würde. Schließlich erzählte ich nicht nur von meinem Leben; ich erzählte auch von ihrem. Viel zu schnell war der Abend vorbei, und ich musste zum letzten Zug Richtung Hamburg. Eine Bäuerin wollte mich fahren. Auf dem Weg zum Auto hielt mich ein junger Bauer an. Er zog seine Geldbörse aus seiner Innentasche, klappte sie auf und entnahm ihr einen kleingefalteten, etwas ausgefransten Zettel. Er entfaltete diesen, und darauf stand mein Gedicht „Aufzählung", mit dem ich immer meine Lesungen zu beenden pflegte. Den Zettel habe er immer bei sich, sagte er, und wenn es ihm schlecht gehe, lese er dies Gedicht, und schon sei alles besser zu ertragen. Außerdem würden sich seine Freundin und er abends im Bett abwechselnd meine Geschichten vorlesen. Ich war sehr gerührt, aber ich musste los. Alles Gute, sagte ich, das werde ich nicht vergessen. Auf den letzten Drücker kriegte ich den Zug.

Den Kopf voller Eindrücke, das Herz voll mit was-weiß-ich ging es zurück in den Norden. Irgendwann schlief ich ein. Als der Zug in Hannover im Bahnhof stand, wachte ich auf. Eine Durchsage. Der Strecken-abschnitt nach Hamburg sei wegen Personen im Gleis gesperrt. Eine Stunde verging, und mir wurde klar, dass ich den letzten Zug nach Kupfermühle verpassen wür-de. In Hamburg angekommen, wurden die Reisenden, die noch weiter mussten, von Servicemitarbeitern der Bahn auf verschiedene Taxis verteilt. Ich war der ein-zige, der nach Kupfermühle musste. Der Fahrer meines Taxis war ein junger Mann mit Migrationshintergrund. Typ testosterongesteuerter Jogginghosenträger, weiße Turnschuhe, schwere Goldkette, Masse Gel im Haar. Breitbeinig ging er vor mir her zu seinem dunklen Mercedes. Schweigend fuhren wir los, durch die Nacht. Irgendwann fragte er: „Na, Scheff, und was machst du so?" Oh nein, dachte ich, ein geschwätziger Taxifahrer. Bitte nicht. Aber ich antwortete: Ich bin Bauer. „Escht? Bauer? Hammer! So rischdisch mit Tieren und so?" Ja, sagte ich, ich bin Milchbauer. Ich habe Kühe. „Kühe? Oh Mann, isch war noch nie auf Bauernhof. Immer nur Hamburch. Schtinkt dat nich voll, wenn die kacken, ey?" Naja, sagte ich, es gibt Dinge, die angenehmer rie-chen, aber ich find das nicht so schlimm. Eigentlich rie-che ich Kühe echt gerne.

Einen Augenblick schwiegen wir. Dann spürte ich, wie es in seinem Kopf arbeitete. Schließlich fragte er: „Wenn du Bauer bist, Mann, was machst du nachts im Zug?" Ich bin Bauer, sagte ich, aber ich bin auch Er-zähler. Ich hab ein paar Bücher geschrieben. Mit Geschichten übers Bauersein. Ich war in Würzburg und hab anderen Bauern meine Geschichten erzählt. Und morgen früh muss ich wieder melken.

Angestrengt blickte der Taxifahrer in die Dunkelheit. Plötzlich fragte er: „Ey, Mann, erzählst du mir auch eine Geschischte?" Ich seufzte. Okay, sagte ich, und ich fing an, von meinen Kühen auf der Weide zu erzählen, nachts, kurz vor dem Sonnenaufgang, und wie sie sich strecken nach dem Aufstehen, wie sie dann kacken, bevor sie anfangen zu fressen, und wie sie trödeln, auf dem Weg zum Kuhstall, im ersten Licht der Sonne, und das taunasse Gras kühlt die Füße durch die Steifel hindurch. Haarklein berichtete ich von dem, was ich in wenigen Stunden tun würde, zurück auf meinem Hof. Gespannt hatte der Fahrer zugehört. Schließlich kamen wir in Kupfermühle an. Vielen Dank und gute Nacht, sagte ich, und er lächelte mich an: „Danke für die Geschischte, Mann. Digger, ey, Bauer wie du, Alder, das wär isch auch gern!"

Es ist nie zu spät, sagte ich. Wir gaben uns zum Abschied die Hand. Die halbe Stunde bis nach Hause fuhr sich wie von selbst.

Auf dem Weg

Wie oft schon
auf dem Weg zum nächsten Auftritt
quer durch Schleswig-Holstein
fuhr ich im Dunkeln durch Dörfer
die mir bekannt vorkamen

hier stand ich auch schon auf der Bühne
im Landgasthof
und während ich die Dorfstraße passierte
suchte ich nach diesem Dorfkrug
an den ich mich erinnerte
und fand ihn nicht

Wochen später
auf dem Weg durch dasselbe Dorf
diesmal bei Tageslicht
sah ich
was geschehen war

der Gasthof abgerissen
planiert und jetzt
sind da sechs Bauplätze mit
sechs nagelneuen Einfamilienhäusern
geschmackvolles Design
Colourblocking
steingefüllte Gabionen und
Solarlampen aus dem Baumarkt

im Vorgarten

wenige Jahre noch und
kaum einer wird noch daran denken
dass hier mal ein Dorfkrug war

ich weiß ich weiß
die Zeit der Landgasthöfe ist vorbei und
das Leben geht weiter
aber traurig ist es schon

The pancakes they are a-changin'

Als die Liebste und ich vor über einunddreißig Jahren zusammen kamen, war ich in vielerlei Hinsicht ein für damalige Zeiten ziemlich normaler junger Bauer. Gewiss, ich hatte ein Jahr auf einem Biolandhof gearbeitet und dort gelernt, verkaufsfähiges Brot zu backen, aber ansonsten waren meine Fähigkeiten, Essen zuzubereiten, eher eingeschränkt. Okay, ich konnte mir ein Brot schmieren, und ich wusste, dass ich vor dem Erhitzen der Tiefkühlpizza die Plastikfolie entfernen musste, aber das war es auch schon. Ich wohnte zwar nicht mehr bei meinen Eltern, aber wenn ich warm zu Mittag essen wollte, fuhr ich dorthin.

Und dann lernte ich Birte kennen und lieben. Im Herbst 1990, wir waren gerade einmal fünf Monate zusammen, fuhren wir zum ersten Mal gemeinsam in den Urlaub, in ein Ferienhaus an der dänischen Nordseeküste. Nach zwei oder drei Tagen stellten wir fest, dass wir doch nicht allein von Luft und Liebe leben konnten. Wir kriegten Hunger und kauften ein. Birte fragte, was ich denn mal kochen wolle, und ich fragte: Hä?

Da stellte die Liebste fest, dass sie mir gegenüber einen Bildungsauftrag hatte. Noch in Dänemark brachte sie mir zwei Mittagessen bei: Nudeln mit Tomatensoße und Pfannkuchen. Und, was soll ich sagen, ich habe damals gut aufgepasst! Die beiden Gerichte kann ich immer noch, und inzwischen auch noch einige weitere – genug jedenfalls, um dafür zu sorgen, dass mich so manche Landfrau nach einer Lesung gern unter den Arm klemmen und mit nach Hause nehmen würde: Okay, fett, okay, hässlich, aber er kann Nudeln mit Tomatensoße! Nehm ich!

Die Zutaten für Pfannkuchen kann ich seit damals in Hvide Sande auswendig: 250 ml Milch, vier Eier, Mehl und Zucker nach Gefühl. Und seit damals bin ich in unserer Beziehung, dann in unserer Ehe und später in unserer Familie für das Zubereiten der Pfannkuchen zuständig. Und, nebenbei gesagt, auch dafür, dann abends los zu fahren und Currywurst Pommes oder Döner zu holen, denn nach einem süßen Mittagessen potenziert sich die Lust auf Deftiges, und abends hätte man dann regelmäßig gern ein halbes Schwein auf Toast. `

Im Sommer 1993 wurde unsere erste Tochter Marie geboren, und bis 2001 folgten Nora, Peer, Carla und Jon. Bei der Pfannkuchenzubereitung verwendete ich nun ausschließlich Zutaten aus ökologischer Landwirtschaft. Allmählich musste ich auch die Mengen für den Pfannkuchenteig erhöhen, über 500 ml Milch und acht Eier bis hin zu 750 ml Milch und zwölf Eiern, wenn einzelne Kinder mal Besuch hatten, der zum Mittagessen blieb. Nur bei Mehl und Zucker blieb die Dosierung gleich: nach Gefühl.

Keine Ahnung, wer damit angefangen hat, aber eine Zeitlang riefen die Kinder, wenn sie von der Schule heimkamen und ihnen beim Öffnen der Haustür der Pfannkuchenduft in die Nase stieg: „Darf ich den kleinsten?" Ich weiß nicht, warum, aber jede und jeder wollte den letzten, kleinen, verschrumpelten Restpfannkuchen haben, so dass ich, damit alle zufrieden waren, anfing, Listen zu führen, wer wann mit dem Verspeisen des kleinsten Pfannkuchens dran war. Aber auch daran wurde gelegentlich herumdiskutiert, und Geschwisterkindern wurde vorgeworfen, die Liste zum eigenen Vorteil manipuliert zu haben.

So gingen die Jahre ins Land. Als Jon im Kindergarten war, stritt er sich mit seinem besten Freund Fabi darüber, wer die weltbesten Pfannkuchen macht: Fabis Mutter oder doch ich. Melli und ich wurden aufgefordert, einen Pfannkuchenbattle zu veranstalten, aber wir einigten uns kampflos darauf, dass wir beide gleichermaßen PfannkuchenweltmeisterInnen sind.

Nach und nach begannen die Kinder, bei uns aus- und in die Welt hinaus zu ziehen. Notgedrungen reduzierte ich die Pfannkuchenmengen allmählich wieder, bis im Herbst 2019 die beiden jüngsten, Carla und Jon, das Haus verließen. Da waren Birte und ich wieder allein und erneut bei 250 ml Milch und vier Eiern angekommen. Alles war wie früher; nur waren wir älter geworden. Also ich jedenfalls.

Dann kam Corona, und Nora und Peer, beide noch im Studium, das nun online stattfinden sollte, zogen wieder bei uns ein; denn nichts ist bequemer als bei Muddi und Vaddi. Das bedeutet: 375 ml Milch und sechs Eier. Mittlerweile verwende ich Hafermilch, weil Birte keine Kuhmilch mehr verträgt und Nora aus weltanschaulichen Gründen darauf verzichten will. In anderen Kulturen wäre es okay, die beiden zu verstoßen und ohne Essen und Trinken in der Wüste auszusetzen – ich dagegen schweige still, stelle mich an den Herd und bereite Pfannkuchen mit Hafermilch zu...

111 Jahre

Manchmal, unterwegs im Land, zu Besuch auf anderen Höfen, treffe ich Bauern, die mir dann ganz stolz erzählen, dass ihr Hof seit vielleicht 1624 in Familienbesitz ist und dass sie der Bauer in der, was weiß ich, achtzehnten Generation sind, und ich denke immer nur: Hammer! Was für eine Ehre, aber was für eine Bürde auch. Ich mein, da will man ja noch weniger der letzte Bauer oder die letzte Bäuerin sein als ohnehin schon.

Meine Familie hat nicht so eine fette Tradition. Meine Vorfahren entstammen der namenlosen Menge der Leibeigenen und später der Gutshofarbeiter. Bekannt ist, dass meine Urgroßeltern auf einem Gutshof im Kreis Rendsburg-Eckernförde arbeiteten. Sie hatten elf Kinder, und mein Urgroßvater starb. Sein Bruder, mein Urgroßonkel, hatte mit seiner Frau, meiner Urgroßtante, sechs Kinder, und sie starb. Dann heirateten meine Uroma und mein Urgroßonkel, sie gründeten also eine Patchworkfamilie, ohne zu wissen, was das war, und bekamen noch ein gemeinsames Kind. Mit einem dritten, unverheirateten Bruder („Heinunkel") warfen sie das Geld zusammen und kauften den damals elf Hektar großen Hof. Am 1. Februar 1911, vor 111 Jahren, zogen sie mit Sack und Pack nach Stolpe, und mit einem Mal war Stolpe voll. Einundzwanzig Stührwoldts.

Woher sie das Geld hatten, weiß niemand. Gemunkelt wird von Fleiß und Sparsamkeit, aber auch von Wilderei und illegalem Wildbretverkauf. Egal, es reichte, und nun waren sie freie Bauern. Was das damals für sie bedeutet haben muss, kann ich mir nur schwer vorstellen. Mein Opa, Jahrgang 1903, erzählte mir mal, dass er mit ansehen musste, dass seine Eltern vom Gutsherren geschlagen wurden. Bauer und frei zu sein war für ihn das wichtigste auf der Welt.

Er selbst hatte den Hof gemeinsam mit meiner Oma 1932 übernommen. Eigentlich war einer seiner Brüder für die Hofnachfolge vorgesehen, aber der war im 1. Weltkrieg verschollen. Nach Jahren der Ungewissheit ließ Opa ihn für tot erklären, um neuer Bauer auf dem Hof werden zu können. Asthmatisch und nach einem Unfall beim Sensendengeln auf einem Auge blind, musste Opa nicht in den Krieg und konnte weiterhin den kleinen Betrieb am Laufen halten. Man nannte ihn den „Kätner vom Kielerkamp".

Mein Vadder, 1934 geboren, wollte als Heranwachsender eigentlich nicht Bauer werden. Auf dem Schulweg kam er immer an der Schmiede vorbei. Er bewunderte den Schmied bei der Arbeit mit dem glühenden Eisen, die Kraft, die Hitze, der Dampf, das wollte er auch. Aber sein kleiner Bruder war so gut in der Schule; der sollte „etwas Besseres" werden. Also wurde Vadder Bauer, und mit den Jahren liebte er es auch.

1962 heirateten meine Eltern und übernahmen den Hof. Lange hatte Vadder um Mudder geworben; noch in Vorbereitung ihrer Goldenen Hochzeit 2012 sagte Mudder: „Ich hätte ja auch andere haben können." Ich fand kürzlich alte Liebesbriefe, die er ihr in die Schweiz, wo sie arbeitete, geschickt hatte. Große Pläne. „Ich kaufe eine Melkmaschine." Ihr Vater war schwerkrank, und ich glaube, Mudder wollte ihn vor seinem Tod wissen lassen, dass sie einen abbekommen hatte. Die große Liebe war es nicht; die ersten Jahre auf dem ärmlichen Hof waren hart.

1965 dann die Gelegenheit zu wachsen. In zwei Kilometer Entfernung stand ein lange vernachlässigter Hof zur Übernahme an. 32 Hektar, 25 Kühe. 30000 Mark sofort und lebenslange Leibrente für die alte Bäuerin. Meine Eltern kriegten den Zuschlag. Am 1. Mai 1965 zogen sie auf den Hof Wittmaaßen. Sie waren jung, fleißig und hatten Schulden. Immer wieder erzählte Mudder, wie am ersten Tag das Fenster aus dem Rahmen in den Hühnerhof fiel, als sie die Küche lüften wollte. Aber sie hatten ihr eigenes Haus; meine Großeltern blieben auf dem Ursprungshof. Die Ställe dort wurden auch noch genutzt, die Flächen von meinen Eltern mit bewirtschaftet. Die zwei Kilometer Distanz taten allen gut.

Der nächste in der Reihe, der vierte Stührwoldt-Bauer in Stolpe, bin ich. Mein älterer Bruder hatte keinen Bock auf Landwirtschaft und sich beruflich schon früh anders orientiert, und obwohl ich mir auch etwas anderes hätte vorstellen können, entschied ich mich, Bauer zu werden, nicht zuletzt, weil ich wusste, dass es meinen Eltern das Herz gebrochen hätte, wenn keiner der Söhne den Hof hätte weiterführen wollen. Ich brauchte meine Zeit und ich brauchte meinen eigenen Zugang zur Landwirtschaft. Es war nicht einfach. Aber was ist schon einfach?

1998 übernahm ich den Hof. Vor zwanzig Jahren stellte ich um. Wenn ich heute Hand in Hand mit der Liebsten über unsere Weiden gehe, fühlt es sich richtig an. Ich frage mich, ob meine Vorfahren damals vielleicht mal auf dem gleichen Fleckchen Erde standen und sich fragten, was die Zukunft bringt. Wenn ich denke, dass meine Kühe, auf die ich blicke, verwandt sind mit denen, auf die sie blickten, vor 111 Jahren, dann greift mir das ans Herz. Ob es nach mir weiter geht, ob es einen fünften Stührwoldt-Bauer oder eine fünfte Stührwoldt-Bäuerin in Stolpe geben wird, weiß ich noch nicht. Es ist kompliziert.

Beim Hundertjährigen Jubiläum waren meine Eltern und mein Bruder noch dabei. Heute sind sie alle tot. In diesem Jahr wird es keine große Party geben. Für den 1. Februar hat sich die Öko-Kontrollstelle angemeldet. Wahrscheinlich kommen sie zum Gratulieren.

Fünfzig Jahre an der Autobahn

Die Autobahn 21, die unser Dorf in zwei Teile teilt, wird in diesem Jahr fünfzig Jahre alt. Inzwischen ist sie zwischen dem Autobahnkreuz Bargteheide und unserem Nachbardorf Nettelsee 56 Kilometer lang. Viele Abschnitte dieser Autobahn wurden in den achtziger, neunziger und nuller Jahren gebaut. Nur die acht Kilometer zwischen Bornhöved und Stolpe gibt es seit 1972. Rechtzeitig zur Segelolympiade in Kiel wurde dieses Teilstück eröffnet. Ganz dunkel erinnere ich mich daran. Die Sonne schien, und mein Bruder und ich standen auf unserer Autobahnbrücke und guckten auf große Autos und einen riesigen Menschenauflauf. Plötzlich klatschten alle, und Udo sagte: Komm, wir spucken runter!

Die Vogängerstraße, die B404, war in unserer Gegend als Todesstrecke bekannt. Der ganze Bundesstraßenverkehr rauschte durch die Ortskerne von Bornhöved und Wankendorf, und oft kam es zu schweren Unfällen. Also baute man eine Umgehungsstrecke für diese Dörfer. Warum man diese zur Autobahn ausgestaltete, dazu gibt es mehere Legenden. Manche sagen, die Kreise Plön und Segeberg wollten auch mal eine Autobahn haben. Andere behaupten, das habe man für die Fahrschulen in Wankendorf und Bornhöved gemacht, damit die für die Autobahnfahrt nicht mehr extra nach Lübeck oder Neumünster fahren mussten. Keine Ahnung, ob das stimmt, aber meine Fahrschule war in Bornhöved, und meine Autobahnfahrt für Führerschein Klasse Drei 1985 ging von Bornhöved nach Stolpe und zurück. Sechzehn Minuten Fahrt. Abgerechnet wurde eine Stunde. Für den Lappen hat es gelangt.

Ich bin nun 54, und seit fünfzig Jahren lebe ich an der Autobahn. Sie war einfach immer da. Das früheste Landschaftsbild, das ich im Kopf habe, ist der Blick von unserem Hof zur Autobahnbrücke, die im Rohbau steht. Und ich erinnere mich, dass meine Tante Rosi und mein Bruder auf der fertigen, aber noch nicht freigegebenen Autobahn über die Mittelleitplanke hinweg Federball spielten. Ich saß dabei und sah ihnen zu. Schwarz glänzte und duftete der Asphalt. Die Streifen darauf so weiß, so weiß.

Inzwischen ist es so, dass in Deutschland in einem Abstand von vierzig Metern zur Autobahn nicht gebaut werden darf. Wenn die Häuser allerdings schon vorher da waren, kann die Autobahn auch dichter dran. Von unserer Hausecke bis zum Fahrbahnrand sind es etwa zwanzig Meter. Die Autobahn ist so nah beim Haus, dass in der Baugenehmigung unseres Wintergartens zu lesen stand: „Das Bauvorhaben ist so auszubilden, dass eine Blendung der Verkehrsteilnehmer auf der Bundesautobahn nicht erfolgt. Weiterhin ist das Bauvorhaben so zu gestalten, dass es durch seine Form, Farbe und Größe nicht zu Verwechslungen mit Verkehrszeichen und -einrichtungen Anlass gibt."

Wann immer wir mit Gästen im Garten sitzen, werden wir gefragt, ob die Autobahn uns nicht stört. Meistens aber verstehen wir die Frage nicht. Die Autobahn ist so laut, trotz eines kleinen Walls, den man uns im

Zuge des Weiterbaus vor das Haus gekippt hat. Was den Lärm angeht, bringt der gar nichts. Trotzdem wollen wir ihn nicht missen, denn er schützt die Privatsphäre in unserem Wohnzimmer. Nun sieht man nicht mehr im Vorbeifahren, ob in unserem Kaminofen ein Feuer brennt. Und was wir auf dem Sofa machen. Auch wandern die Schlagschatten der Scheinwerfer nicht mehr an den Wänden entlang.

Knapp zwanzig Jahre ist es her, dass unser Freund Baude bei einem Gartenfest von der Autobahn so genervt war, dass er versprach, die acht Kilometer lange Strecke dem Staat abzukaufen und uns zur Silberhochzeit zu schenken. Cool, dachte ich, acht Kilometer asphaltierter Fahrsilo direkt am Stall. Und wartete auf den Tag der Silberhochzeit. 2. August 2016. Nichts geschah. Baude war mittlerweile in die USA ausgewandert, um sich unserem Zugriff zu entziehen. Inzwischen sind wir dreißig Jahre verheiratet, und die Autobahn gehört immer noch nicht uns. Ich fürchte, daran wird sich auch nichts mehr ändern.

Schon lange war keines unserer Rinder mehr auf der Autobahn. Seit einigen Jahren gibt es direkt an der Böschung einen Wildzaun, der für zusätzliche Sicherheit sorgt, falls mal eines ausbricht. Über Sommer sind die Milchkühe Tag und Nacht draußen, und wenn sie sich ausruhen, legen sie sich oft mit Blick auf die Autobahn auf den Hügel (wir sagen Berg dazu) hinterm Hof. Vielleicht zählen sie die roten Autos, die vorbei fahren. Keine Ahnung, warum, aber damit habe ich mir Jahre meiner Kindheit vertrieben. Wir hatten ja sonst nichts.

Auf 56 Kilometer Länge sind unsere die einzigen

Milchkühe, die man von der Autobahn aus draußen sieht. Manch einer, der vorbei fährt, denkt vielleicht: Oh, Kühe auf der Weide, wie schön. Dass es so etwas noch gibt!

Nach fünfzig Jahren kann ich sagen: Ich habe meinen Frieden mit der Autobahn gemacht. Was bleibt mir auch übrig? Und wenn jemand fragt, ob das Leben an der Autobahn bleibende Schäden hinterlässt, muss ich immer an Otto Waalkes und Frau Suhrbier denken: NEIN! NEIN! NEIN!

Zwischen den Jahren
(Rund um Weihnachten 2021)

Wenn dieser Text erscheint, sind wir zwischen den Jahren; das Weihnachtsfest liegt hinter uns, und der Jahreswechsel steht bevor. Während ich das hier schreibe, ist der späte Abend des 21. Dezember. Wie die Bauernstimmenredakteurin Claudia mir vorhin am Telefon erzählte – sie rief mich an, als ich im Melkstand war – ist die Bauernstimme fertig. Nur dort, wo meine Kolumne hingehöre, klaffe noch ein Loch. Ich schreib nachher noch, versprochen, rief ich gegen den Lärm des Melkstandradios in mein Handy. Zufall oder nicht: Sie spielten gerade „Last Christmas" von Wham!, gesungen und geschrieben von George Michael.

Ich mag diesen Song nicht. Aber in der Adventszeit entkommt man ihm nicht, wenn man im Melkstand Radio hört. Im Auto und auf dem Trecker stets Deutschlandfunkhörer, läuft beim Melken immer NDR 1 Welle Nord. Hier wäre es schwierig, den Wortbeiträgen zu folgen, und, naja, ein paar alte Hits bei der Arbeit zu hören, ist auch okay. Trotzdem fahren immer Anflüge von Weltekel und schlechtem Gewissen durch meine Innereien, wenn zu Beginn der Adventszeit nach elf Monaten Pause dieses wohlbekannte Intro durch den Melkstand hallt, und ich fürchte, nein, ich weiß: Gleich fängt er an zu singen.

Weltekel? Verständlich. Schlechtes Gewissen? Muss ich erklären.

Es gibt beim NDR seit über sechzig Jahren eine plattdeutsche Sendereihe namens „Hör mal`n beten to". Einmal täglich wird ein plattdeutscher Text von etwa zwei Minuten Länge gesendet. Seit gut einem Dutzend Jahren bin ich einer der Autoren und Sprecher dieser Radiogeschichten. Gut fünf Jahre ist es her, da schrieb ich ein Hör mal mit dem Titel „Pass op, George Michael!", in welchem ich voller Häme kübelweise Spott über diesen Song auskippte und George Michael im letzten Satz eine Tracht Prügel androhte, sollte ich seiner habhaft werden. Ich fand es reizvoll, in meinem Text den Song gnadenlos runter zu machen und ihn dann zehn Minuten später im Musikprogramm zu hören. Und der NDR hat meinen Text gesendet. Sogar der Musikredakteur habe mein Hör mal zähneknirschend abgenickt, erzählte mir der Plattdeutschredakteur.

Wenige Wochen später, am 1. Weihnachtstag 2016, starb George Michael. In den Jahren zuvor hatte er sich aus der Öffentlichkeit zurückgezogen. Es hieß, er habe an Depressionen und Drogensucht gelitten und sich möglicherweise das Leben genommen. Es ist absurd, ich weiß, aber ich fühlte mich schuldig. Da liegt einer am Boden, so kam es mir vor, und ich hatte nochmal zugetreten, mit meinen Springerstiefeln, in die Fresse. Ja, ich stellte mir vor, George habe einen schlechten Tag gehabt und dann zufällig meinen plattdeutschen Radiotext gehört, und dass so ein blöder Bauer sich jetzt noch über ihn lustig macht, unerträglich, knack und weg.

George Michael hat sich nicht umgebracht; er starb an Herzversagen infolge einer Herzmuskelentzündung, auch von Fettleber ist die Rede. Trotzdem fühlte ich mich mies, und ich beschloss, wenn möglich, freundlicher auf andere Menschen zu blicken, seien sie noch so George Michael.

Die Tage rund um Weihnachten eignen sich gut dafür. Ich kaufe Dutzende von edlen Schokoladentafeln, und alle, denen ich hier auf dem Hof zu danken habe, kriegen Schokolade und Stolper Apfelsaft: die Zeitungsausträgerin, die Postbotin, die sich so unglaublich cool mit einer Hand am LKW festhaltenden, mit der anderen Hand rauchenden Müllmänner, die Milch- und Kuhschrotlasterfahrer, sogar, wenn sie Stinkstiefel sind, der Besamer, der Tierarzt, der Melkmaschinenmonteur und und und. Und als ich gestern in die Milchkammer kam, hatte eine Milchkundin dort für mich einen Schokoladenweihnachtsmann auf den Milchtank gestellt. Da hab ich mich tierisch gefreut und das Ding gleich mal eben weggehapst.

Dann ist Weihnachten; im besten Falle kommt die Familie zusammen, aus allen Richtungen, von nah und fern. Wenn es richtig gut läuft, verstehen sich alle prächtig, und wir streiten uns nicht. Wusch, ist das Fest vorbei, und wir sind zwischen den Jahren. Traditionell machen wir da auf dem Hof nur das nötigste, melken misten füttern einstreuen, und es bleibt ein wenig Zeit, zurück zu schauen auf das alte Jahr und nach vorn auf das neue. Bestenfalls war nicht alles schlecht, und vermutlich wird auch das neue Jahr nicht ausschließlich kacke sein. In Wahrheit ist immer alles gleichzeitig, gut und schlecht, schön und scheiße. Mein Eindruck ist: Guckt man freundlich auf das Leben, so guckt es auch freundlich zurück. Und satte elf Monate lang muss ich nicht mehr „Last Christmas" hören. Das ist doch auch schon was wert, oder etwa nicht?

Mal raus?

So schön und erfüllend es auch ist, einen bäuerlichen Betrieb zu führen – es ist auch immer eine Belastung. Und es lässt dich niemals los, bis zum Schluss nicht.

Ich erinnere mich an meinen Vadder. Nach einer Hirnblutung und Notoperation war er gerade von der Intensiv- auf die Normalstation verlegt worden. Ich saß an seinem Bett, als er aufwachte. Etwas desorientiert blickte er mich an und fragte: Warum bist du hier und nicht im Melkstand? Draußen läuft die Melkmaschine, und du sitzt hier rum und lässt den Lehrling alleine melken? Vadder, antwortete ich, du bist im Krankenhaus. Hier läuft keine Melkmaschine. Du kannst mir ja viel erzählen, du denkst wohl, ich bin doof, sagte er und schloss die Augen wieder.

Und als Mudder in den letzten Tagen ihrer Krebserkrankung im Palliativzimmer lag, gegen die Schmerzen vollgepumpt mit Morphium, da wälzte sie sich hin und her und kam und kam nicht zur Ruhe. Frau Stührwoldt, was ist los, fragte die Schwester. Ich muss aufstehen, ich muss melken, sagte Mudder. Alles gut, das macht doch Ihr Sohn, meinte die Schwester. Ach, was, das kann der gar nicht, grummelte Mudder da. Was, nebenbei bemerkt, deutlich zeigt, was sie von mir als Bauer gehalten hat. Nämlich nüscht.

Jemand sagte mir mal, spätestens nach dreißig Jahren als Betriebsleiter bist du auf. Gar nicht mal körperlich, meinte er, eher nervlich. Diese Verantwortung, jeden

Tag diese Verantwortung. Und Entscheidungen treffen. Welche Rechnung wird in diesem Monat bezahlt, welche erst nach dem nächsten Milchgeld. Und hoffentlich ruft der, der diesmal die Kohle noch nicht kriegt, nicht an, um rumzuquaken. Das ist immer so peinlich.

Vielleicht ist an diesen dreißig Jahren etwas dran. Ich kenne einen, der musste nach dem frühen Tod des Vaters den Hof mit zwanzig übernehmen. Als er fünfzig war, hat er es nur noch gehasst, Bauer zu sein.

Ich bin 54 und habe den Hof mit dreißig übernommen, vor 24 Jahren. Ja, ich liebe es, Bauer zu sein, aber manchmal spüre auch ich Anflüge einer Müdigkeit. In der Tat ist es dieses Gefühl, verantwortlich zu sein. Wenn ich mal frei habe und auspennen kann, horche ich doch, ob die Melkmaschine rechtzeitig angeht, damit das Melken fertig ist, wenn der Milchwagen kommt.

Da wünsche ich mir gelegentlich tatsächlich, einfach Arbeitnehmer zu sein und mich krank melden zu können, wenn ich keinen Bock habe. Ich erinnere mich, dass ich mal eine Nachricht von meinem Lehrling bekam. Ich zitiere: „Ich melde mich für heute krank. Ich habe seit gestern kein großes Geschäft gemacht." Am liebsten hätte ich ihn angerufen und angebrüllt, dass ich in meinem ganzen Leben nur kleine Geschäfte gemacht habe und trotzdem jeden verdammten Tag aufstehe. Habe ich natürlich nicht gemacht. Sondern Dienst im Stall. Der Lehrling war ja nicht da.

Und dann blätterte ich neulich im landwirtschaftlichen Wochenblatt. Die Kleinanzeigen, der Rest ist eh für den Arsch. Ich las: „Su. ldw. Aushilfe (m/w/d) f. Milchviehbetrieb für 4-8 Wo. in Nord-Norwegen." Dazu eine Telefonnummer. Oh, was hat mich diese Anzeige getriggert. Nach Nord-Norwegen wollte ich schon immer mal. Und da ich weiß, dass freie Tage mir auf Dauer nicht gut tun, könnte ich vielleicht halbtags für acht Wochen den Knecht spielen und mir Milchwirtschaft im ganz hohen Norden angucken. Vor meinem inneren Auge sah ich mich schon am Rand einer Weide sitzen, in der Mitternachtssonne, und den beigefarbenen Kühen beim Grasen zusehen. Acht Wochen Pause von der Last der Verantwortung, acht Wochen melken, weil ich es kann und nicht, weil ich es muss. Und wenn mal ein Pups quer hängt, melde ich mich krank. Die Nachricht ist noch in meinem Handy. Ich muss sie nur weiter leiten. Allein der Gedanke daran fühlte sich paradiesisch an.

Ein paar Tage lang habe ich ernsthaft überlegt. Seit unser Sohn Peer im Betrieb mitarbeitet, sind wir zu dritt auf der Farm, aber für acht Wochen ginge es schon zu zweit. Was würde die Liebste sagen, wenn ich ankomme und meine, ich müsse mal raus? Ich sprach mit ihr. Das musst du mit deinen Mitarbeitern klären, sagte sie. Oh Hammer, sollte das wirklich möglich sein?

Ich schlug den Kalender auf. Würde ich mich zwei Monate lang von Terminen frei machen können? Schwierig, überall Einträge. Wer versorgt die Hunde, dachte ich, wer lässt die Pferde auf die Weide und holt sie wieder rein, während die Liebste zur Arbeit ist? Und wollten wir nicht eigentlich neue Abkalbeboxen bauen, jetzt, da wir zu dritt auf dem Hof sind? Überhaupt, können wir nicht froh sein, ein gutes Zuhause zu haben, gerade in diesen Zeiten?

Das Wochenblatt mit der Anzeige liegt noch immer auf dem Küchentisch. Mindestens einmal täglich denke ich daran, wie es wohl ist, in Nord-Norwegen zu melken. Ich habe nicht angerufen. Vielleicht im nächsten Jahr...

VERLAG

ABL Bauernblatt Verlags GmbH
Bahnhofstraße 31
59065 Hamm
Telefon 02381/492288
email: verlag@bauernstimme.de
Internet: www.bauernstimme.de

Edition Bauernstimme
ISBN: 978-3-930 413-72-0
2. Auflage
Hamm, November2025

Umschlaggestaltung: Wilfried H. Boucsein, Gütersloh
Gestaltung unter Verwendung eines Fotos von Achim
Schnoor unter Mitwirkung von Matthias Stührwoldt
(Titel) sowie eines Fotos von Kai Johnsson (Portrait).
Satzherstellung: Vera Thiel
Druck: Vereinte Druckwerke GmbH, Neuss